Le marchand d

William Shakespeare

(Translator: François Guizot)

Alpha Editions

This edition published in 2023

ISBN : 9789357931953

Design and Setting By
Alpha Editions
www.alphaedis.com
Email - info@alphaedis.com

Contents

NOTICE
SUR LE MARCHAND DE VENISE

Le fond de l'aventure qui fait le sujet du *Marchand de Venise* se retrouve dans les chroniques ou dans la littérature de tous les pays, tantôt en entier, tantôt dépouillé de l'épisode très-piquant qu'y ajoutent les amours de Bassanio et de Portia. Un jugement pareil à celui de Portia a été attribué à Sixte V qui, plus sévère, condamna, dit-on, à l'amende les deux contractants, pour les punir de l'immoralité d'un pareil marché. En cette occasion il s'agissait d'un pari, et le juif était le perdant. Un recueil de nouvelles françaises, intitulé *Roger-Bontemps en belle humeur*, raconte la même aventure, mais à l'avantage du chrétien, et c'est le sultan Saladin qui est le juge. Dans un manuscrit persan qui rapporte le même fait, il s'agit d'un pauvre musulman de Syrie avec qui un riche juif fait ce marché pour avoir les moyens de le perdre et parvenir ainsi à posséder sa femme dont il est amoureux; le cas est décidé par un cadi d'Émèse. Mais l'aventure tout entière se trouve consignée, avec quelques différences, dans un très-ancien ouvrage écrit en latin et intitulé: *Gesta Romanorum*, et dans le *Pecorone* de *ser Giovanni*, recueil de nouvelles composé avant la fin du quatorzième siècle et par conséquent très-antérieur à Sixte V, ce qui rend tout à fait improbable l'anecdote rapportée sur ce pape par Grégoire Léti.

Dans la nouvelle de ser Giovanni, la dame de Belmont n'est point une jeune fille forcée de soumettre son choix aux conditions prescrites par le singulier testament de son père, mais une jeune veuve qui, de sa propre volonté, impose une condition beaucoup plus singulière à ceux que le hasard ou le choix fait aborder dans son port. Obligés de partager le lit de la dame, s'ils savent profiter des avantages que leur offre une pareille situation, ils obtiendront avec la possession de la veuve sa main et tous ses biens. Dans le cas contraire, ils perdent leur vaisseau et son chargement, et repartent sur-le-champ avec un cheval et une somme d'argent qu'on leur fournit pour retourner chez eux. Peu effrayés d'une pareille épreuve, beaucoup ont tenté l'aventure, tous ont succombé; car, à peine dans le lit, ils s'endorment d'un profond sommeil, d'où ils ne se réveillent que pour apprendre le lendemain que la dame plus matinale a déjà fait décharger le navire, et préparer la monture qui doit reconduire chez lui le malencontreux prétendant. Aucun n'a été tenté de renouveler une entreprise si chère, et dont le mauvais succès a découragé les plus vifs aspirants. Le seul Gianetto (c'est dans la nouvelle le nom du jeune Vénitien) s'est obstiné, et après deux premières déconvenues, il veut risquer une troisième aventure: son parrain Ansaldo, sans s'inquiéter de la perte des deux premiers vaisseaux dont il ignore la cause, lui en équipe un troisième, avec lequel Gianetto lui promet de réparer leurs malheurs. Mais épuisé par les précédentes entreprises, il est obligé pour celle-là d'emprunter à un juif la somme de dix mille ducats, aux mêmes conditions que celles qu'impose Shylock à Antonio. Gianetto arrive, et, averti par une suivante de ne pas boire le vin qu'on lui présentera avant de se mettre au lit, il surprend à son tour la dame qui, fort troublée d'abord de le trouver éveillé, se résigne cependant à son sort, et s'estime heureuse de le nommer le lendemain son époux. Gianetto, enivré de son bonheur, oublie le pauvre Ansaldo jusqu'au jour fatal de l'échéance du billet. Un hasard le lui rappelle alors; il part en diligence pour Venise, et le reste de l'histoire se passe comme l'a représenté Shakspeare.

On conçoit aisément la raison et la nécessité des divers changements qu'il a fait subir à cette aventure; elle n'était cependant pas tellement impossible à représenter de son temps sur le théâtre qu'on ne puisse croire qu'il a été induit à ces changements par le besoin de donner plus de moralité à ses personnages et plus d'intérêt à son action. Aussi la situation du généreux Antonio, la peinture de son caractère si dévoué, courageux et mélancolique à la fois, ne sont-elles pas l'unique source du charme qui règne si puissamment dans tout l'ouvrage. Les lacunes que laisse cette situation sont du moins si heureusement remplies qu'on ne s'aperçoit d'aucun vide, tant l'âme est doucement occupée des sentiments qui en naissent naturellement. Il semble que Shakspeare ait voulu peindre ici, sous leurs différents points de vue, les premiers beaux jours d'un heureux mariage. Le discours de Portia à Bassanio, au moment où le sort vient de décider en sa faveur, et où elle se regarde déjà comme son heureuse épouse, est rempli d'un abandon si pur, d'une soumission conjugale si touchante et si noble à la fois, que son caractère en acquiert un charme inexprimable, et que Bassanio, prenant dès cet instant la situation supérieure qui lui convient, n'a plus à craindre d'être rabaissé par l'esprit et le courage de sa femme, quelque décidé que soit le parti qu'elle va prendre l'instant d'après; on sait maintenant que, le moment de la nécessité passé, tout rentrera dans l'ordre, et que les grandes qualités qu'elle saura soumettre à son devoir de femme ne feront qu'ajouter au bonheur de son mari.

Dans une classe subordonnée, Lorenzo et Jessica nous donnent le spectacle de ce tendre badinage de deux jeunes époux si remplis de leur bonheur qu'ils le répandent sur les choses les plus étrangères à eux-mêmes et jouissent des pensées et des actions les plus indifférentes, comme d'autant de portions d'une existence que le bonheur envahit tout entière. Cet entretien de Lorenzo et de Jessica, ce jardin, ce clair de lune, cette musique qui prépare le retour de Portia, de Bassanio, et l'arrivée d'Antonio, disposent l'âme à toutes les douces impressions que fera naître l'image d'une félicité complète, dans la réunion de Portia et de Bassanio au milieu de tous les amis qui vont jouir de leurs soins et de leurs bienfaits. Shakspeare est presque le seul poëte dramatique qui n'ait pas craint de s'arrêter sur le tableau du bonheur; il sentait qu'il avait de quoi le remplir.

L'invention des trois coffres, dont l'original se trouve aussi en plusieurs endroits, existe, à peu près telle que l'a employée Shakspeare, dans une autre aventure des *Gesta Romanorum*, si ce n'est que la personne soumise à l'épreuve est la fille d'un roi de la Pouille qui, par la sagesse de son choix, est jugée digne d'épouser le fils de l'empereur de Rome. On voit par là que ces *Gesta Romanorum* ne remontent pas précisément aux temps antiques.

Le caractère du juif Shylock est justement célèbre en Angleterre.

Cette pièce a été représentée avant 1598. C'est ce qu'on sait de plus certain sur sa date. Plusieurs pièces sur le même sujet avaient déjà été mises au théâtre; il avait été aussi le fond de plusieurs ballades.

En 1701, M. Grandville, depuis lord Lansdowne, remit au théâtre *le Marchand de Venise*, avec des changements considérables, sous le titre du *Juif de Venise*. On l'a joué longtemps sous cette nouvelle forme.

LE MARCHAND DE VENISE

PERSONNAGES

LE DUC DE VENISE,   } amoureux de

LE PRINCE DE MAROC, } Portia.

LE PRINCE D'ARAGON, }

ANTONIO, marchand de Venise.

BASSANIO, son ami.

SALANIO, } amis d'Antonio et de

GRATIANO,} Bassanio.

SALARINO,}

LORENZO, amant de Jessica.

SHYLOCK, juif.

TUBAL, autre juif, ami de Shylock.

LANCELOT GOBBO, jeune lourdaud, domestique de Shylock.

LE VIEUX GOBBO, père de Lancelot.

LÉONARDO, domestique de Bassanio.

BALTHASAR, domestiques de Portia.

STEPHANO,   "   "   "

UN VALET.

PORTIA, riche héritière.

NÉRISSA, suivante de Portia.

JESSICA, fille de Shylock.

Sénateurs de Venise, officiers de la cour de justice, un geôlier, valets et autres personne de suite.

La scène est tantôt à Venise, tantôt à Belmont, château de Portia.

ACTE PREMIER

SCÈNE I

Dans une rue de Venise.

Entrent ANTONIO, SALARINO et SALANIO.

ANTONIO.--De bonne foi, je ne sais pourquoi je suis triste. J'en suis fatigué: vous dites que vous en êtes fatigués aussi; mais comment j'ai pris ce chagrin, où je l'ai trouvé, rencontré, de quoi il est fait, d'où il est sorti, je suis encore à l'apprendre.--La tristesse me rend si stupide que j'ai peine à me reconnaître moi-même.

SALANIO.--Votre âme est agitée sur l'Océan; là où, sous leurs voiles majestueuses, vos larges vaisseaux, seigneurs et riches bourgeois des flots, dominent sur le peuple des petits navires marchands qui les saluent, inclinant, lorsqu'ils passent près d'eux, le tissu de leurs ailes.

SALARINO.--Croyez-moi, monsieur, si j'avais une pareille mise dehors, la plus grande partie de mes affections serait en voyage à la suite de mes espérances. Je serais toujours à arracher des brins d'herbe pour savoir de quel côté souffle le vent; à chercher sur les cartes les ports, les môles et les routes; et chaque objet qui pourrait me faire craindre un malheur pour ma cargaison ne manquerait certainement pas de me rendre triste.

SALANIO.--En soufflant sur mon bouillon pour le refroidir, mon haleine me donnerait un frisson, je songerais à tout le mal qu'un trop grand vent pourrait causer sur la mer. Je ne pourrais voir un sablier s'écouler que je ne songeasse aux bancs de sable, aux bas-fonds, où je verrais mon riche *André*¹ engravé, abaissant son grand mât plus bas que ses flancs pour baiser son tombeau. Pourrais-je aller à l'église et voir les pierres de l'édifice sacré, sans me rappeler aussitôt les rochers dangereux qui, en effleurant seulement les côtés de mon cher vaisseau, disperseraient toutes mes épices sur les flots, et habilleraient de mes soies les vagues en fureur; en un mot, sans penser que riche de tout cela en cet instant, je puis l'instant d'après n'avoir plus rien? Puis-je songer à tous ces hasards et ne pas songer en même temps qu'un pareil malheur, s'il m'arrivait, me rendrait triste?--Tenez, ne m'en dites pas davantage: je suis sûr qu'Antonio est triste, parce qu'il songe à ses marchandises.

Note 1: (retour) C'était apparemment le nom d'un des plus gros vaisseaux d'Antonio.

ANTONIO.--Non, croyez-moi. J'en rends grâces au sort; toutes mes espérances ne sont pas aventurées sur une seule chance, ni réunies en un même lieu; et ma fortune entière ne dépend pas des événements de cette année. Ce ne sont donc pas mes marchandises qui m'attristent.

SALARINO.--Il faut alors que vous soyez amoureux.

ANTONIO.--Fi donc!

SALARINO.--Vous n'êtes pas amoureux non plus? En ce cas, souffrez qu'on vous dise que vous êtes triste, parce que vous n'êtes pas gai; et il vous serait tout aussi aisé de rire, de danser, et de dire que vous êtes gai, parce que vous n'êtes pas triste. Par Janus au double visage, la nature forme quelquefois d'étranges personnages; les uns ne laissant jamais qu'entrevoir leurs yeux à travers leurs paupières à demi fermées et riant comme des perroquets, à la vue d'un joueur de cornemuse; et d'autres, d'une mine si renfrognée, qu'ils ne montreraient pas seulement leurs dents en façon de sourire, quand Nestor en personne jurerait que la plaisanterie est de nature à faire rire.

(Entrent Bassanio, Lorenzo, Gratiano.)

SALANIO--Voici Bassanio, votre noble allié, avec Gratiano et Lorenzo. Adieu, nous vous laissons en meilleure compagnie.

SALARINO.--Je serais volontiers resté jusqu'à ce que je vous eusse rendu joyeux, si de plus dignes ne m'avaient prévenu.

ANTONIO.--Vous avez une grande place dans mon affection; mais je suppose que vos affaires vous appellent, et que vous saisissez l'occasion de nous quitter.

SALARINO.--Bonjour, mes bons seigneurs.

BASSANIO.--Dites-moi tous deux, mes bons seigneurs, quand rirons-nous? Répondez: quand? Vous devenez excessivement rares. Cela durera-t-il?

SALARINO.--Nous nous ferons un plaisir de prendre votre temps.

(Salanio et Salarino sortent.)

LORENZO.--Seigneur Bassanio, puisque vous voilà avec Antonio, nous allons vous laisser ensemble. Mais à l'heure du dîner, souvenez-vous, je vous prie, du lieu de notre rendez-vous.

BASSANIO.--Je n'y manquerai pas.

GRATIANO.--Vous n'avez pas bon visage, seigneur Antonio. Tenez, vous avez trop d'affaires en ce monde; c'est en perdre les avantages que de les acheter par trop de soins. Vous êtes étonnamment changé; croyez-moi.

ANTONIO.--Je prends le monde pour ce qu'il est, Gratiano: un théâtre où chacun doit jouer son rôle; le mien est d'être triste.

GRATIANO.--Le mien sera donc celui du fou. Que les rides de la vieillesse viennent au milieu de la joie et du rire, que le vin échauffe, s'il le faut, mon foie, mais que d'affaiblissants soupirs ne viennent point glacer mon coeur. Pourquoi un homme qui a du sang chaud dans les veines demeurerait-il immobile comme son grand-père taillé en albâtre? pourquoi dormir quand on veille, et se donner la jaunisse à force de mauvaise humeur? Je te le dirai, Antonio; je t'aime, et c'est mon amitié qui parle; il y a une espèce de gens dont le visage se boursoufle au dehors et s'enveloppe comme l'eau dormante d'un étang, et qui se tiennent dans une immobilité volontaire pour se parer d'une réputation de sagesse, de gravité, de profondeur d'esprit, et qui semblent vous dire: «Monsieur, je suis un oracle; quand j'ouvre la bouche, empêchez qu'un chien n'aboie.» O mon cher Antonio, je connais de ces gens-là qui ne doivent qu'à leur silence leur réputation de sagesse, et qui, j'en suis sûr, s'ils parlaient, seraient capables de damner plus d'une oreille, car en les écoutant, bien des gens traiteraient leurs frères de fous. Je t'en dirai plus long une autre fois. Mais ne va pas te servir de l'appât de la mélancolie, pour pêcher ce goujon des sots, la réputation.--Allons, viens, cher Lorenzo. (*A Antonio.*)--Adieu pour un moment; je finirai mon sermon après dîner.

LORENZO, *à Antonio.*--Oui, nous allons vous laisser jusqu'à l'heure du dîner.--Il faudra que je devienne un de ces sages muets, car Gratiano ne me laisse jamais le temps de parler.

GRATIANO.--C'est bon, tiens-moi encore compagnie deux ans, et tu ne connaîtras plus le son de ta voix.

ANTONIO.--Adieu, il me rendrait bavard.

GRATIANO.--Tant mieux, ma foi, car le silence ne convient qu'à une langue de boeuf fumé, et à une fille qui n'est pas de défaite.

(Gratiano et Lorenzo sortent.)

ANTONIO.--Est-ce là dire quelque chose?

BASSANIO.--Gratiano est l'homme de Venise qui débite le plus de riens. Ce qu'il y a de bon dans tous ses discours est comme deux grains de blé cachés dans deux boisseaux de son. On les cherche un jour entier avant de les trouver, et quand on les a, ils ne valent pas la peine qu'on a prise.

ANTONIO.--Fort bien. Dites-moi: quelle est donc cette dame auprès de laquelle vous avez juré de faire un secret pèlerinage, et que vous m'avez promis de me nommer aujourd'hui?

BASSANIO.--Vous n'ignorez pas, Antonio, dans quel délabrement j'ai mis mes affaires, en voulant faire une plus haute figure que ne pouvait me le permettre longtemps ma médiocre fortune; je ne m'afflige pas maintenant d'être privé des moyens de soutenir ce noble état; mais mon premier souci est de me tirer avec honneur des dettes considérables que j'ai contractées par un peu trop de prodigalité. C'est à vous, Antonio, que je dois le plus, tant en argent qu'en amitié; et c'est de votre amitié que j'attends avec confiance les moyens d'accomplir tous mes desseins, et les plans que je forme pour payer tout ce que je dois.

ANTONIO.--Je vous prie, mon cher Bassanio, de me les faire connaître; et, s'ils se renferment comme vous le faites vous-même dans les limites de l'honneur, soyez sûr que ma bourse, ma personne et tout ce que j'ai de ressources en ce monde sont à votre service.

BASSANIO.--Lorsque j'étais écolier, dès que j'avais perdu une de mes flèches, j'en décochais une autre dans la même direction, mettant plus d'attention à suivre son vol, afin de retrouver l'autre; et, en risquant de perdre les deux, je les retrouvais toutes deux. Je vous cite cet exemple de mon enfance, parce que je vais vous parler le langage de la candeur. Je vous dois beaucoup: et comme il arrive à un jeune homme livré à ses fantaisies, ce que je vous dois est perdu. Mais si vous voulez risquer une autre flèche du même côté où vous avez lancé la première, je ne doute pas que, par ma vigilance à observer sa chute, je ne retrouve les deux, ou du moins que je ne vous rapporte celle que vous aurez hasardée la dernière, en demeurant avec reconnaissance votre débiteur pour l'autre.

ANTONIO.--Vous me connaissez; c'est donc perdre le temps que de tourner ainsi autour de mon amitié par des circonlocutions. Vous me faites certainement plus de tort en doutant de mes sentiments, que si vous aviez dissipé tout ce que je possède. Dites-moi donc ce qu'il faut que je fasse pour vous, et tout ce que vous me croyez possible; je suis prêt à le faire: parlez donc.

BASSANIO.--Il est dans Belmont une riche héritière; elle est belle, plus belle que ce mot, et douée de rares vertus. J'ai quelquefois reçu de ses yeux de doux messages muets. Son nom est Portia. Elle n'est pas moins estimée que la fille de Caton, la Portia de Brutus. L'univers entier connaît son mérite; car les quatre vents lui amènent de toutes les côtes d'illustres adorateurs. Ses cheveux, dorés comme les rayons du soleil, tombent en boucles sur ses tempes comme une toison d'or: ce qui fait de sa demeure de Belmont un rivage de Colchos, où plus d'un Jason se rend pour la conquérir: ô mon Antonio, si j'avais seulement le moyen d'entrer en concurrence avec eux, j'ai dans mon âme de tels présages de succès, qu'il est hors de doute que je l'emporterais.

ANTONIO.--Tu sais que toute ma fortune est sur la mer, que je n'ai point d'argent, ni la possibilité de rassembler une forte somme. Va donc essayer ce que peut mon crédit dans Venise. Je l'épuiserai jusqu'au bout, pour te donner les moyens de paraître à Belmont, et d'obtenir la belle Portia. Va, informe-toi où il y a de l'argent. J'en ferai autant de mon côté, et je ne doute point que je n'en trouve par mon crédit ou par le désir qu'on aura de m'obliger.

(Ils sortent.)

SCÈNE II

A Belmont.--Un appartement de la maison de Portia.

Entrent PORTIA et NÉRISSA.

PORTIA.--En vérité, Nérissa, mon petit individu est bien las de ce grand univers.

NÉRISSA.--Cela serait bon, ma chère madame, si vos misères étaient en aussi grand nombre que le sont vos prospérités: cependant, à ce que je vois, on est aussi malade d'indigestion que de disette. Ce n'est donc pas un médiocre bonheur que d'être placé dans la médiocrité: superflu blanchit de bonne heure, suffisance vit longtemps.

PORTIA.--Voilà de belles sentences, et très-bien débitées.

NÉRISSA.--Elles seraient encore meilleures mises en pratique.

PORTIA.--S'il était aussi aisé de faire qu'il l'est de connaître ce qui est bon à faire, les chapelles seraient des églises, et les cabanes des pauvres gens des palais de princes. C'est un bon prédicateur que celui qui se conforme à ses sermons. J'apprendrais plutôt à vingt personnes ce qu'il est à propos de faire, que je ne serais une des vingt à suivre mes instructions. Le cerveau peut imaginer des lois pour le sang, mais un tempérament ardent saute par-dessus une froide loi; c'est un tel lièvre que la folle jeunesse pour s'élancer par-dessus les filets du bon sens! Mais cette manière de raisonner n'est pas trop de saison lorsqu'il s'agit de choisir un époux. Choisir! hélas! quel mot! Je ne puis ni choisir celui que je voudrais, ni refuser celui qui me déplairait. Et ainsi il faut que la volonté d'une fille vivante se plie aux volontés d'un père mort. N'est-il pas bien dur, Nérissa, de ne pouvoir ni choisir ni refuser personne?

NÉRISSA.--Votre père fut toujours vertueux, et les saints personnages ont à leur mort de bonnes inspirations. Ainsi, dans cette loterie qu'il a imaginée, et au moyen de laquelle vous devez être le partage de celui qui, entre trois coffres d'or, d'argent et de plomb, choisira selon son intention, vous pouvez être sûr que le bon choix sera fait par un homme que vous pourrez aimer en bonne conscience. Mais quelle chaleur d'affection sentez-vous pour tous ces brillants adorateurs qui sont déjà arrivés?

PORTIA.--Je t'en prie, dis-moi leurs noms: à mesure que tu les nommeras je ferai leur portrait, et tu devineras mes sentiments par ma description.

NÉRISSA.--D'abord il y a le prince de Naples.

PORTIA.--Eh! c'est un véritable animal[2]. Il ne sait parler que de son cheval, et se targue comme d'un mérite singulier de la science qu'il possède de le ferrer lui-même. J'ai bien peur que madame sa mère ne se soit oubliée avec un forgeron.

Note 2: (retour) *A colt. Colt* signifie un jeune cheval qui n'est pas encore dressé, et aussi un étourdi sans éducation. On ne pouvait rendre en français le double sens de l'expression, il a fallu choisir celui qui allait le mieux au reste de la phrase.

NÉRISSA.--Vient ensuite le comte Palatin.

PORTIA.--Il est toujours refrogné, comme s'il vous disait: *Si vous ne voulez pas de moi, décidez-vous.* Il écoute des contes plaisants sans un sourire. Je crains que dans sa vieillesse il ne devienne le philosophe larmoyant, puisque jeune encore il est d'une si maussade tristesse. J'aime mieux épouser une tête de mort la bouche garnie d'un os, qu'un de ces deux hommes-là. Dieu me préserve de tous les deux!

NÉRISSA.--Que dites-vous du seigneur français, monsieur le *Bon?*

PORTIA.--Dieu l'a fait; ainsi je consens qu'il passe pour un homme. Je sais bien que c'est un péché de se moquer de son prochain; mais lui! Comment! il a un meilleur cheval que le Napolitain! Il possède à un plus haut degré que le comte Palatin la mauvaise habitude de froncer le sourcil. Il est tous les hommes ensemble, sans en être un. Si un merle chante, il fait aussitôt la cabriole. Il va se battre contre son ombre. En l'épousant, j'épouserais en lui seul vingt maris; s'il vient à me mépriser je lui pardonnerai: car, m'aimât-il à la folie, je ne le payerai jamais de retour.

NÉRISSA.--Que dites-vous de Fauconbridge, le jeune baron anglais?

PORTIA.--Vous savez que je ne lui dis rien; car nous ne nous entendons ni l'un ni l'autre; il ne sait ni latin, ni français, ni italien: et vous pouvez bien jurer en justice que je ne sais pas pour deux sous d'anglais. C'est la peinture d'un joli homme. Mais, hélas! qui peut s'entretenir avec un tableau muet? Qu'il est mis singulièrement! Je crois qu'il a acheté son pourpoint en Italie, ses hauts-de-chausses circulaires en France, son bonnet en Allemagne, et ses manières par tout pays.

NÉRISSA.--Que pensez-vous du seigneur écossais son voisin?

PORTIA.---Qu'il est plein de charité pour son voisin, car il a emprunté un soufflet de l'Anglais, et a juré de le lui rendre quand il pourrait. Je crois que le Français s'est rendu sa caution, et s'est engagé pour un second.

NÉRISSA.--Comment trouvez-vous le jeune Allemand, le neveu du comte de Saxe?

PORTIA.--Fort déplaisant le matin quand il est à jeun, et bien plus déplaisant encore le soir quand il est ivre. Lorsqu'il est au mieux il est un peu plus mal qu'un homme, et quand il est le plus mal il est tant soit peu mieux qu'une bête. Et m'arrivât-il du pis qui puisse arriver, j'espère trouver le moyen de me défaire de lui.

NÉRISSA.--S'il se présentait pour choisir, et qu'il prît le bon coffre, ce serait refuser d'accomplir les volontés de votre père, que de refuser sa main.

PORTIA.--De crainte que ce malheur extrême n'arrive, mets, je te prie, sur le coffre opposé un grand verre de vin du Rhin; car si le diable était dedans, et cette tentation au dehors, je suis sûre qu'il le choisirait. Je ferai tout au monde, Nérissa, plutôt que d'épouser une éponge.

NÉRISSA.--Vous ne devez plus craindre d'avoir aucun de ces messieurs; ils m'ont fait part de leurs résolutions, c'est de s'en retourner chez eux, et de ne plus vous importuner de leur recherche, à moins qu'ils ne puissent vous obtenir par quelque autre moyen que celui qu'a imposé votre père, et qui dépend du choix des coffres.

PORTIA.--Dussé-je vivre aussi vieille que la Sibylle, je mourrai aussi chaste que Diane, à moins qu'on ne m'obtienne dans la forme prescrite par mon père. Je suis ravie que cette cargaison d'amoureux se montre si raisonnable; car il n'en est pas un parmi eux qui ne me fasse soupirer après son absence et prier Dieu de lui accorder un heureux départ.

NÉRISSA.--Ne vous rappelez-vous pas, madame, que du vivant de votre père, il vint ici, à la suite du marquis de Montferrat, un Vénitien instruit et brave militaire?

PORTIA.--Oui, oui, c'était Bassanio; c'est ainsi, je crois, qu'on le nommait.

NÉRISSA.--Cela est vrai, madame; et de tous les hommes sur qui se soient jamais arrêtés mes yeux peu capables d'en juger, il m'a paru le plus digne d'une belle femme.

PORTIA.--Je m'en souviens bien, et je me souviens aussi qu'il mérite tes éloges.--(*Entre un valet.*) Qu'est-ce? Quelles nouvelles?

LE VALET.--Les quatre étrangers vous cherchent, madame, pour prendre congé de vous, et il vient d'arriver un courrier qui en devance un cinquième, le prince de Maroc; il dit que le prince son maître sera ici ce soir.

PORTIA.--Si je pouvais accueillir celui-ci d'aussi bon coeur que je vois partir les autres, je serais charmée de son arrivée. S'il se trouve avoir les qualités d'un saint et le teint d'un diable, je l'aimerais mieux pour confesseur que pour épouseur. Allons, Nérissa; et toi (*au valet*), marche devant. Tandis que nous mettons un amant dehors, un autre frappe à la porte.

(Ils sortent.)

SCÈNE III

Venise.--Une place publique.

Entrent BASSANIO, SHYLOCK.

SHYLOCK.--Trois mille ducats?--Bien.

BASSANIO.--Oui, monsieur, pour trois mois.

SHYLOCK.--Pour trois mois?--Bien.

BASSANIO.--Pour lesquels, comme je vous disais, Antonio s'engagera.

SHYLOCK.--Antonio s'engagera?--Bien.

BASSANIO.--Pourrez-vous me rendre service? Me ferez-vous ce plaisir? Aurai-je votre réponse?

SHYLOCK.--Trois mille ducats, pour trois mois, et Antonio engagé.

BASSANIO.--Votre réponse à cela?

SHYLOCK.--Antonio est bon.

BASSANIO.--Auriez-vous ouï dire quelque chose de contraire?

SHYLOCK.--Oh! non, non, non, non. En disant qu'il est bon, je veux seulement vous faire comprendre qu'il est suffisamment sûr. Cependant ses ressources reposent sur des suppositions. Il a un vaisseau frété pour Tripoli, un autre dans les Indes, et en outre j'ai appris sur le Rialto qu'il en avait un troisième au Mexique, un quatrième en Angleterre, et d'autres entreprises encore de côté et d'autre. Mais les vaisseaux ne sont que des planches, les matelots que des hommes. Il y a des rats de terre et des rats d'eau, et des voleurs d'eau comme des voleurs de terre, je veux dire qu'il y a des pirates; et puis aussi les dangers de la mer, les vents, les rochers. Néanmoins l'homme est suffisant.--Trois mille ducats... je crois pouvoir prendre son obligation.

BASSANIO.--Soyez assuré que vous le pouvez.

SHYLOCK.--Je m'assurerai que je le peux; et pour m'en assurer, j'y réfléchirai. Puis-je parler à Antonio?

BASSANIO.--Si vous vouliez dîner avec nous?

SHYLOCK.--Oui, pour sentir le porc! pour manger de l'habitation dans laquelle votre prophète, le Nazaréen, a par ses conjurations fait entrer le diable! Je veux bien faire marché d'acheter avec vous, faire marché de vendre avec vous, parler avec vous, me promener avec vous, et ainsi de suite; mais je ne veux pas manger avec vous, ni boire avec vous, ni prier avec vous. Quelles nouvelles sur le Rialto?--Mais qui vient ici?

BASSANIO.--C'est le seigneur Antonio.

(Entre Antonio.)

SHYLOCK, *à part.*--Comme il a l'air d'un hypocrite publicain! je le hais parce qu'il est chrétien, mais je le hais bien davantage parce qu'il a la basse simplicité de prêter de l'argent gratis et qu'il fait baisser à Venise le taux de l'usance[3]. Si je puis une fois prendre ma belle[4], j'assouvirai pleinement la vieille aversion que je lui porte. Il hait notre sainte nation, et dans les lieux d'assemblées des marchands, il invective contre mes marchés, mes gains bien acquis, qu'il appelle intérêts. Maudite soit ma tribu si je lui pardonne!

Note 3: (retour) *Usance* est un terme de banque; il signifie une échéance à trente jours de date, et l'intérêt produit par ces trente jours. *Usance* et *usure* s'employaient également pour désigner le prêt à intérêt, que réprouvaient les anciennes maximes des théologiens. *Usure* est demeuré le mot odieux employé pour signifier un intérêt excessif; et le mot *usance* a été préféré par les prêteurs pour signifier ce que les emprunteurs nommaient *usure.* Le Juif se sert toujours ici du mot *usance,* pour éviter celui d'*intérêt* qu'Antonio emploie toujours dans un sens de reproche.

Note 4: (retour) *Catch him upon the hip.*--Le prendre sur la hanche. Expression proverbiale qui n'a pas son équivalent en français.

BASSANIO.--Shylock, entendez-vous?

SHYLOCK.--Je me consultais sur les fonds que j'ai en main pour le moment, et autant que ma mémoire peut me le rappeler, je vois que je ne saurais vous faire tout de suite la somme complète de trois mille ducats. N'importe; Tubal, un riche Hébreu de ma tribu me fournira ce qu'il faut. Mais doucement; pour combien de mois les voulez-vous? (*A Antonio.*) Maintenez-vous en joie, mon bon seigneur. C'était de Votre Seigneurie que nous nous entretenions à l'instant même.

ANTONIO.--Shylock, quoique je ne prête ni n'emprunte à intérêt, cependant pour fournir aux besoins pressants d'un ami, je dérogerai à ma coutume. (*A Bassanio.*) Est-il instruit de la somme que vous désirez?

SHYLOCK.--Oui, oui, trois mille ducats.

ANTONIO.--Et pour trois mois.

SHYLOCK.--J'avais oublié. Pour trois mois; vous me l'aviez dit. A la bonne heure. Faites votre billet, et puis je verrai.... Mais écoutez, il me semble que vous venez de dire que vous ne prêtez ni n'empruntez à intérêt.

ANTONIO.--Jamais.

SHYLOCK.--Quand Jacob faisait paître les brebis de son oncle Laban.... Ce Jacob (au moyen de ce que fit en sa faveur sa prudente mère) fut le troisième possesseur des biens de notre saint Abraham.... Oui, ce fut le troisième.

ANTONIO.--A quel propos revient-il ici? Prêtait-il à intérêt?

SHYLOCK.--Non, il ne prêtait pas à intérêt, non, si vous voulez, pas précisément à intérêt. Remarquez bien ce que Jacob faisait. Laban et lui étant convenus que tous les nouveau-nés qui seraient rayés de deux couleurs appartiendraient à Jacob pour son salaire; sur la fin de l'automne, les brebis étant en chaleur allaient chercher les béliers, et quand ces couples portant toison en étaient arrivés au moment de consommer l'oeuvre de la génération, le rusé berger vous levait l'écorce de certains bâtons, et dans l'instant précis de l'acte de nature, les présentait aux brebis échauffées, qui, concevant alors, quand le temps de l'enfantement était venu, mettaient bas des agneaux bariolés, lesquels étaient pour Jacob. C'était là un moyen de gagner; et Jacob fut béni du ciel; et le gain est une bénédiction, pourvu qu'on ne le vole pas.

ANTONIO.--Jacob, monsieur, donnait là ses services pour un salaire très-incertain, pour une chose qu'il n'était pas en son pouvoir de faire arriver, mais que la seule main du ciel règle et façonne à son gré. Ceci a-t-il été écrit pour légitimer le prêt à intérêt? Votre or et votre argent sont-ils des brebis et des béliers?

SHYLOCK.--Je ne saurais vous dire; du moins je les fais engendrer aussi vite. Mais faites attention à cela, seigneur.

ANTONIO, *à Bassanio.*--Et vous, remarquez, Bassanio, que le diable peut employer à ses fins les textes de l'Écriture. Une méchante âme qui s'autorise d'un saint témoignage ressemble à un scélérat qui a le sourire sur ses lèvres, à une belle pomme dont le coeur est pourri. Oh! de quels beaux dehors se couvre la friponnerie!

SHYLOCK.--Trois mille ducats! c'est une bonne grosse somme. Trois mois sur les douze.... Voyons un peu l'intérêt.

ANTONIO.--Eh bien! Shylock, vous serons-nous redevables?

SHYLOCK.--Seigneur Antonio, mainte et mainte fois vous m'avez fait des reproches au Rialto sur mes prêts et mes usances. Je n'y ai jamais répondu qu'en haussant patiemment les épaules, car la patience est le caractère distinctif de notre nation. Vous m'avez appelé mécréant, chien de coupe-gorge, et vous avez craché sur ma casaque de juif, et tout cela parce que j'use à mon gré de mon propre bien. Maintenant il paraît que vous avez besoin de mon secours, c'est bon. Vous venez à moi alors, et vous dites: «Shylock, nous voudrions de l'argent.» Voilà ce que vous me dites, vous qui avez expectoré votre rhume sur ma barbe; qui m'avez repoussé du pied, comme vous chasseriez un chien étranger venu sur le seuil de votre porte. C'est de l'argent que vous demandez! Je devrais vous répondre, dites, ne devrais-je pas vous répondre ainsi: «Un chien a-t-il de l'argent? Est-il possible qu'un roquet prête trois mille ducats?» Ou bien irai-je vous saluer profondément, et dans l'attitude d'un esclave, vous dire d'une voix basse et timide: «Mon beau monsieur, vous avez craché sur moi mercredi dernier, vous m'avez donné des coups de pied un tel jour, et une autre fois vous m'avez appelé chien; en reconnaissance de ces bons traitements, je vais vous prêter tant d'argent?»

ANTONIO.--Je suis tout prêt à t'appeler encore de même, à cracher encore sur toi, à te repousser encore de mon pied. Si tu nous prêtes cet argent, ne nous le prête pas comme à des amis, car l'amitié a-t-elle jamais exigé qu'un stérile métal produisît pour elle dans les mains d'un ami? mais prête plutôt ici à ton ennemi. S'il manque à son engagement, tu auras meilleure grâce à exiger sa punition.

SHYLOCK.--Eh! mais voyez donc comme vous vous emportez! Je voudrais être de vos amis, gagner votre affection, oublier les avanies que vous m'avez faites, subvenir à vos besoins présents, et ne pas exiger un denier d'usure pour mon argent, et vous ne voulez pas m'entendre! L'offre est pourtant obligeante.

ANTONIO.--Ce serait, en effet, par obligeance.

SHYLOCK.--Et je veux l'avoir cette obligeance; venez avec moi chez un notaire, me signer un simple billet, et pour nous divertir, nous stipulerons qu'en cas que vous ne me rendiez pas, à tels jour et lieu désigné, la somme ou les sommes exprimées dans l'acte, vous serez condamné à me payer une livre juste de votre belle chair, coupée sur telle partie du corps qu'il me plaira choisir.

ANTONIO.--J'y consens sur ma foi, et, en signant un pareil billet, je dirai que le Juif est rempli d'obligeance.

BASSANIO.--Vous ne ferez pas pour mon compte un billet de la sorte; j'aime mieux rester dans l'embarras.

ANTONIO.--Eh! ne craignez rien, mon cher: je n'encourrai pas la condamnation. Dans le courant de ces deux mois-ci, c'est-à-dire encore un mois avant l'échéance du billet, j'attends des retours pour neuf fois sa valeur.

SHYLOCK.--O père Abraham! ce que c'est que ces chrétiens, comme la dureté de leurs procédés les rend soupçonneux sur les intentions des autres! Dites-moi, s'il ne payait pas au terme marqué, que gagnerais-je en exigeant qu'il remplît la condition proposée? Une livre de la chair d'un homme, prise sur un homme, ne me serait pas si bonne ni si profitable que de la chair de mouton, de boeuf ou de chèvre. C'est pour m'acquérir ses bonnes grâces que je lui fais cette offre d'amitié: s'il veut l'accepter, à la bonne heure! sinon, adieu; et je vous prie de ne pas mal interpréter mon attachement.

ANTONIO.--Oui, Shylock, je signerai ce billet.

SHYLOCK.--En ce cas, allez m'attendre chez le notaire; donnez-lui vos instructions sur ce billet bouffon. Je vais prendre les ducats, donner un coup d'oeil à mon logis que j'ai laissé sous la garde très-peu sûre d'un négligent coquin, et je vous rejoins dans l'instant.

(Il sort.)

ANTONIO.--Dépêche-toi, aimable Juif. Cet Hébreu se fera chrétien; il devient traitable.

BASSANIO.--Je n'aime pas de belles conditions accordées par un misérable.

ANTONIO.--Allons: il ne peut y avoir rien à craindre; mes vaisseaux arriveront un mois avant le terme.

FIN DU PREMIER ACTE.

ACTE DEUXIÈME

SCÈNE I

A Belmont.

Fanfare de cors. Entrent LE PRINCE DE MAROC *avec sa suite,* PORTIA,
NÉRISSA,
et plusieurs autres personnes de sa suite.

LE PRINCE DE MAROC.--Ne vous choquez point de la couleur de mon
teint: c'est la sombre livrée de ce soleil à la brune chevelure dont je suis voisin,
et près duquel je fus nourri. Faites-moi venir le plus beau des enfants du
Nord, où les feux de Phoebus dégèlent à peine les glaçons suspendus aux
toits, et faisons sur nous une incision en votre honneur, pour savoir quel sang
est le plus rouge du sien ou du mien. Dame, je puis te le dire, cette figure a
intimidé le brave. Je jure, par mon amour, que les vierges les plus honorées
de nos climats en ont été éprises. Je ne voudrais pas changer de couleur, à
moins que ce ne fût pour vous dérober quelques pensées, mon aimable reine.

PORTIA.--Je ne me laisse pas conduire dans mon choix par la seule
délicatesse des yeux d'une fille. D'ailleurs la loterie à laquelle est remis mon
sort ôte à ma volonté le droit d'une libre décision. Mais mon père n'eût-il pas
circonscrit mon choix, et n'eût-il pas, dans sa sagesse, déterminé que je me
donnerais pour femme à celui qui m'obtiendra par les moyens que je vous ai
dits, vous me paraîtriez, prince renommé, tout aussi digne de mon affection
qu'aucun de ceux que j'aie vus jusqu'ici se présenter.

LE PRINCE DE MAROC.--Je vous en rends grâces. Je vous prie,
conduisez-moi à ces coffres, pour y essayer ma fortune. Par ce cimeterre, qui
a tué le sophi et un prince de Perse, et qui a gagné trois batailles sur le sultan
Soliman, je voudrais, pour t'obtenir, foudroyer de mes regards l'oeil le plus
farouche, vaincre en bravoure le coeur le plus intrépide de l'univers, arracher
les petits ours des mamelles de leur mère; que dis-je? insulter au lion rugissant
après sa proie. Mais, hélas! cependant, quand Hercule et Lichas joueront aux
dés pour décider lequel vaut le mieux des deux, le plus haut point peut sortir
de la main la plus faible; et voilà Hercule vaincu par son page. Et moi, conduit
de même par l'aveugle fortune, je puis manquer ce qu'obtiendra un moins
digne, et en mourir de douleur.

PORTIA.--Il vous en faut courir les chances, et renoncer à choisir; ou, avant
de choisir, il faut jurer que si vous choisissez mal, vous ne parlerez à l'avenir
de mariage à aucune femme. Ainsi, faites bien vos réflexions.

LE PRINCE DE MAROC.--Je m'y soumets: allons, conduisez-moi à la décision de mon sort.

PORTIA.--Rendons-nous d'abord au temple. Après le dîner, vous tirerez votre lot.

LE PRINCE DE MAROC.--A la fortune, donc, qui va me rendre le plus heureux ou le plus malheureux des hommes!

(Ils sortent.)

SCÈNE II

A Venise.--Une rue.

Entre LANCELOT GOBBO.

LANCELOT.--Sûrement, ma conscience me permettra de fuir la maison de ce Juif, mon maître. Le diable est à mes trousses, et me tente en me disant: *Gobbo, Lancelot Gobbo, bon Lancelot*, ou *bon Gobbo*, ou *bon Lancelot Gobbo, servez-vous de vos jambes; prenez votre élan, et décampez.* Ma conscience me dit: *Non; prends garde, honnête Lancelot; prends garde, honnête Gobbo*; ou, comme je l'ai dit, *honnête Lancelot Gobbo, ne t'enfuis pas; rejette la pensée de te fier à tes talons.* Et là-dessus l'intrépide démon me presse de faire mon paquet: *Allons*, dit le diable; *hors d'ici*, dit le diable; *par le ciel, arme-toi de courage*, dit le diable, *et sauve-toi.* Alors ma conscience, se jetant dans les bras de mon coeur, me dit fort prudemment: *Mon honnête ami Lancelot, toi, le fils d'un honnête homme*, ou *plutôt d'une honnête femme*; car, au fait, mon père eut sur son compte quelque chose; il s'éleva à quelque chose; il avait un certain arrière-goût.... Bien, ma conscience me dit: *Lancelot, ne bouge pas; va-t'en*, dit le diable; *ne bouge pas*, dit ma conscience.--Et moi je dis: Ma conscience, votre conseil est bon; je dis: Démon, votre conseil est bon. En me laissant gouverner par ma conscience, je resterais avec le Juif mon maître, qui, Dieu me pardonne, est une espèce de diable; et en fuyant de chez le Juif, je me laisserais gouverner par le démon qui, sauf votre respect, est le diable en personne: sûrement le Juif est le diable même incarné; et, en conscience, ma conscience n'est qu'une manière de conscience brutale, de venir me conseiller de rester avec le Juif. Allons, c'est le diable qui me donne un conseil d'ami; je me sauverai, démon: mes talons sont à tes ordres; je me sauverai.

(Entre le vieux Gobbo avec un panier.)

GOBBO.--Monsieur le jeune homme, vous-même, je vous prie: quel est le chemin de la maison de monsieur le Juif?

LANCELOT, *à part*.--O ciel! c'est mon père légitime; il a la vue plus que brouillée; elle est tout à fait déguerpie⁵, en sorte qu'il ne me reconnaît pas. Je veux voir ce qui en sera.

Note 5: (retour) *More than sand-blind, high gravel blind. Sand-blind* désigne une maladie de la vue, qui fait voir habituellement devant les yeux comme des grains de sable. Lancelot, dans son langage bouffon, pour exprimer que son père est presque aveugle, dit qu'il n'est pas seulement sand-blind (*aveugle de sable*), mais *gravel blind* (aveugle de gravier): ce qui aurait été inintelligible en français.

GOBBO.--Monsieur le jeune gentilhomme, je vous prie, quel est le chemin pour aller chez monsieur le Juif?

LANCELOT.--Tournez sur votre main droite, au premier détour; mais, au plus prochain détour, tournez sur votre gauche; puis ma foi, au premier détour, ne tournez ni à droite ni à gauche; mais descendez indirectement vers la maison du Juif.

GOBBO.--Fontaine de Dieu! ce sera bien difficile à trouver. Pourriez-vous me dire si un nommé Lancelot, qui demeure avec lui, y demeure ou non?

LANCELOT.--Parlez-vous du jeune monsieur Lancelot?--Faites bien attention à présent. (*A part*.)--Je vais lui faire monter l'eau aux yeux.--Parlez-vous du jeune monsieur Lancelot?

GOBBO.--Il n'est pas un monsieur; c'est le fils d'un pauvre homme. Son père, quoique ce soit moi qui le dise, est un honnête homme excessivement pauvre, et qui, Dieu merci, a encore envie de vivre.

LANCELOT.--Allons, que son père soit ce qu'il voudra; nous parlons du jeune monsieur Lancelot.

GOBBO.--De l'ami de Votre Seigneurie, et de Lancelot tout court, monsieur.

LANCELOT.--Mais, je vous prie, *ergo*, vieillard, *ergo*, je vous en conjure; parlez-vous du jeune monsieur Lancelot?

GOBBO.--De Lancelot, sous votre bon plaisir, monsieur.

LANCELOT.--*Ergo*, monsieur Lancelot; ne parlez point de monsieur Lancelot, père; car le jeune gentilhomme (en conséquence des destins et des destinées, et de toutes ces bizarres façons de parler, comme les trois soeurs, et autres branches de science) est vraiment décédé; ou, comme qui dirait tout simplement, parti pour le ciel.

GOBBO.--Que Dieu m'en préserve! Ce garçon était le bâton de ma vieillesse, mon seul soutien.

LANCELOT.--Est-ce que je ressemble à un gourdin, ou à un appui de hangar, à un bâton, à une béquille? Me reconnaissez-vous, père?

GOBBO.--Hélas! non, je ne vous reconnais point, mon jeune monsieur; mais, je vous en prie, dites-moi, mon garçon, Dieu fasse paix à son âme! est-il vivant ou mort?

LANCELOT.--Ne me connaissez-vous point, père?

GOBBO.--Hélas! monsieur, j'ai la vue trouble et je ne vous connais point.

LANCELOT.--Eh bien! si vous aviez vos yeux, vous pourriez bien risquer de ne pas me reconnaître; c'est un habile père que celui qui connaît son enfant. Allons, vieillard; je vais vous donner des nouvelles de votre fils.--Donnez-moi votre bénédiction. La vérité se montrera au grand jour: un meurtre ne peut rester longtemps caché; au lieu que le fils d'un homme le peut; mais à la fin la vérité se montrera.

GOBBO.--Je vous en prie, monsieur, levez-vous; je suis certain que vous n'êtes point Lancelot, mon garçon.

LANCELOT.--Je vous en conjure, ne bavardons pas plus longtemps là-dessus. Donnez-moi votre bénédiction. Je suis Lancelot, qui était votre garçon, qui est votre fils, et qui sera votre enfant.

GOBBO.--Je ne puis croire que vous soyez mon fils.

LANCELOT.--Je ne sais qu'en penser: mais je suis Lancelot, le valet du Juif; et je suis sûr que Marguerite, votre femme, est ma mère.

GOBBO.--Oui, en effet, elle se nomme Marguerite: je jurerai que si tu es Lancelot, tu es ma chair, et mon sang. Dieu soit adoré! Quelle barbe tu as acquise! Il t'est venu plus de poil au menton qu'il n'en est venu sur la queue à Dobbin, mon limonier.

LANCELOT.--Il paraîtrait en cela que la queue de Dobbin augmente à rebours; car je suis sûr que la dernière fois que je l'ai vu, il avait plus de poil à la queue que je n'en ai sur la face.

GOBBO.--Seigneur! que tu es changé!--Comment vous accordez-vous ensemble, ton maître et toi? Je lui apporte un présent: comment êtes-vous ensemble aujourd'hui?

LANCELOT.--Fort bien, fort bien. Mais quant à moi, comme j'ai arrêté de m'enfuir de chez lui, je ne m'arrêterai plus que je n'aie fait un bout de chemin. Mon maître est un vrai Juif. Lui faire un présent! Faites-lui présent d'une hart: je meurs de faim à son service: vous pouvez compter mes doigts par le nombre de mes côtes. Mon père, je suis bien aise que vous soyez venu: donnez-moi votre présent pour un monsieur Bassanio, qui fait faire maintenant à ses gens de très-belles livrées neuves: si je ne le sers pas, je courrai tant que Dieu a de terre. O rare bonheur! Tenez, le voici lui-même; adressez-vous à lui, mon père, car je veux devenir Juif, si je sers le Juif plus longtemps.

(Entre Bassanio, suivi de Léonardo et d'autres domestiques.)

BASSANIO.--Vous pouvez l'arranger ainsi;--mais faites si bien diligence, que le souper soit prêt au plus tard pour cinq heures.--Aie soin que ces lettres soient remises. Donne les livrées à faire, et prie Gratiano de venir dans l'instant me trouver chez moi.

(Sort un domestique.)

LANCELOT.--Allez à lui, mon père.

GOBBO.--Dieu bénisse Votre Seigneurie!

BASSANIO.--Bien obligé: me veux-tu quelque chose?

GOBBO.--Voilà mon fils, monsieur, un pauvre garçon...

LANCELOT.--Non pas un pauvre garçon, monsieur; c'est le valet du riche Juif, qui voudrait, monsieur, comme mon père vous le spécifiera....

GOBBO.--Il a, monsieur, une grande rage, comme qui dirait, de servir....

LANCELOT.--Effectivement, le court et le long de la chose, est que je sers le Juif, et j'ai bien envie, comme mon père vous le spécifiera....

GOBBO.--Son maître et lui, sauf le respect dû à Votre Seigneurie, ne sont guère cousins ensemble.

LANCELOT.--Pour abréger, la vérité est que le Juif m'ayant maltraité, c'est la cause que je...., comme mon père, qui est, comme je l'espère, un vieillard, vous le détaillera.

GOBBO.--J'ai ici quelques paires de pigeons que je voudrais offrir à Votre Seigneurie, et ma prière est que....

LANCELOT.--En peu de mots, la requête est impertinente pour mon compte, à moi, comme Votre Seigneurie le saura par cet honnête vieillard; et quoique ce soit moi qui le dise, quoiqu'il soit vieux, cependant c'est un pauvre homme, et mon père.

BASSANIO.--Qu'un de vous parle pour deux.--Que voulez-vous?

LANCELOT.--Vous servir, monsieur.

GOBBO.--C'est là où le bât nous blesse, monsieur.

BASSANIO.--Je te connais très-bien: tu as obtenu ta requête. Shylock, ton maître, m'a parlé aujourd'hui même, et t'a fait réussir, supposé que ce soit réussir que de quitter le service d'un riche Juif, pour te mettre à la suite d'un si pauvre gentilhomme que moi.

LANCELOT.--Le vieux proverbe est très-bien partagé entre mon maître Shylock et vous, monsieur: vous avez la grâce de Dieu, monsieur, et lui, il a de quoi.

BASSANIO.--C'est fort bien dit: bon père, va avec ton fils.--Prends congé de ton ancien maître, et informe-toi de ma demeure, pour t'y rendre. (*A ses gens.*) Qu'on lui donne une livrée plus galonnée que celle de ses camarades. Ayez-y l'oeil.

LANCELOT.--Mon père, entrons.--Je ne sais pas me procurer du service; non, je n'ai jamais eu de langue dans ma tête.--Allons (*considérant la paume de sa main*), si de tous les hommes en Italie, qui ouvrent la main pour jurer sur l'Évangile, il y en a un qui présente une plus belle table.... je dois faire fortune; tenez, voyez seulement cette ligne de vie! Pour les mariages, ce n'est qu'une bagatelle; quinze femmes, hélas! ce ne serait rien; onze veuves et neuf pucelles, ce n'est que le simple nécessaire d'un homme. Et ensuite échapper trois fois au danger de se noyer, et courir risque de la vie sur le bord d'un lit de plume.... Ce n'est pas grand'chose en effet que de se tirer de là. Allons, si la fortune est femme, c'est une bonne pâte de femme de m'avoir donné de pareils linéaments.--Venez, mon père, je vais prendre congé du Juif dans un clin d'oeil.

(Lancelot et Gobbo sortent.)

BASSANIO.--Je te prie, cher Léonardo, songe à ce que je t'ai recommandé. Quand tu auras tout acheté et distribué comme je te l'ai dit, reviens promptement; car je traite chez moi, ce soir, mes meilleurs amis. Dépêche-toi, va.

LÉONARDO.--Je ferai tout cela de mon mieux.

(Entre Gratiano.)

GRATIANO.--Où est votre maître?

LÉONARDO.--Là-bas, monsieur, qui se promène....

(Léonardo sort.)

GRATIANO.--Seigneur Bassanio!

BASSANIO.--Ha! Gratiano!

GRATIANO.--J'ai une demande à vous faire.

BASSANIO.--Elle vous est accordée.

GRATIANO.--Vous ne pouvez me refuser; il faut absolument que je vous accompagne à Belmont.

BASSANIO.--Très-bien, j'y consens.--Mais écoute, Gratiano.--Tu es trop sans façon, trop brusque; tu as un ton de voix trop tranchant.--Ce sont des qualités qui te vont assez bien, et qui à nos yeux ne semblent pas des défauts; mais partout où tu n'es pas connu, te dirai-je? elles annoncent quelque chose de trop libre.--Je t'en prie, prends la peine de tempérer ton esprit trop pétulant par quelques grains de retenue, de peur que l'irrégularité de tes manières ne soit interprétée à mon désavantage dans le lieu où je vais, et ne me fasse perdre mes espérances.

GRATIANO.--Seigneur Bassanio, écoutez-moi; si je ne prends pas le maintien le plus modeste, si je ne parle pas respectueusement, ne laissant échapper que quelques jurons de temps à autre; si je ne me présente pas de l'air plus grave, toujours des livres de prières dans ma poche; si même, lorsqu'on dira les grâces, je ne ferme pas les yeux avec componction en tenant ainsi mon chapeau, et poussant un soupir, et disant *amen*; enfin si je n'observe pas la civilité jusqu'au scrupule, comme un homme formé à toute la gravité de maintien requise pour plaire à sa grand'mère, ne vous fiez plus jamais à moi.

BASSANIO.--Allons, nous verrons comment vous vous conduirez.

GRATIANO.--Oui, mais j'excepte la soirée d'aujourd'hui: vous ne me jugerez pas sur ce que nous ferons ce soir.

BASSANIO.--Oh! non: ce serait dommage. Je vous inviterai au contraire à déployer votre plus grande gaieté; car nous avons des amis qui se proposent de se réjouir; mais adieu, je vous laisse: j'ai quelques affaires.

GRATIANO.--Et moi, il faut que j'aille trouver Lorenzo et les autres; mais nous vous rendrons visite à l'heure du souper.

(Ils sortent.)

SCÈNE III

Toujours à Venise.--Une pièce dans la maison de Shylock.

Entrent JESSICA ET LANCELOT.

JESSICA.--Je suis fâchée que tu quittes ainsi mon père. Notre maison est l'enfer, et toi, un démon jovial qui dissipais un peu cette atmosphère d'ennui. Mais porte-toi bien, voilà un ducat pour toi; et, Lancelot, tu verras bientôt au souper Lorenzo, qui est invité chez ton nouveau maître. Donne-lui cette lettre: fais-le secrètement; adieu. Je ne voudrais pas que mon père me trouvât causant avec toi.

LANCELOT.--Adieu; mes larmes te parlent pour moi.--Très-charmante païenne! Très-aimable Juive! Si un chrétien ne fait pas quelque tour de fripon pour te posséder, je serais bien trompé; mais, adieu: ces sottes larmes noient un peu mon courage viril. Adieu.

(Il sort.)

JESSICA.--Adieu, bon Lancelot.--Hélas! quel odieux péché! n'est-ce pas à moi de rougir d'être la fille de mon père! Mais quoique je sois sa fille par le sang, je ne le suis point par le caractère. O Lorenzo! si tu tiens ta promesse, je mettrai fin à ces combats, je deviendrai chrétienne, et ta tendre épouse.

(Elle sort.)

SCÈNE IV

Toujours à Venise.--Une rue.

Entrent GRATIANO, LORENZO, SALARINO, SALANIO.

LORENZO.--Oui, nous nous échapperons pendant le souper: nous irons prendre nos déguisements chez moi, nous reviendrons tous en moins d'une heure.

GRATIANO.--Nous n'avons pas fait les préparatifs nécessaires.

SALARINO.--Nous n'avons pas encore parlé de nous procurer des porte-flambeaux.

SALANIO.--C'est une pauvre chose, quand cela n'est pas arrangé dans un bel ordre; et à mon avis il vaudrait mieux, en ce cas, n'y pas songer.

LORENZO.--Il n'est encore que quatre heures: nous avons deux heures pour nous procurer tout ce qu'il faut. (*Entre Lancelot avec une lettre.*) Ami Lancelot, qu'y a-t-il de nouveau?

LANCELOT.--S'il vous plaît d'ouvrir cette lettre, elle pourra probablement vous l'apprendre.

LORENZO.--Je connais cette main: c'est une belle main sur ma foi, et la belle main qui a écrit cette lettre est plus blanche que le papier sur lequel elle a écrit.

GRATIANO.--Une lettre d'amour, sûrement?

LANCELOT.--Avec votre permission, monsieur....

LORENZO.--Où vas-tu?

LANCELOT.--Vraiment, monsieur, inviter mon ancien maître le Juif à souper ce soir chez mon nouveau maître le chrétien.

LORENZO.--Attends, prends ceci.--Dis à l'aimable Jessica, que je ne lui manquerai pas de parole. Parle-lui en secret: va. (*Sort Lancelot.*)--Messieurs, voulez-vous vous préparer pour la mascarade de ce soir? Je suis pourvu d'un porte-flambeau.

SALARINO.--Oui, vraiment, j'y vais sur-le-champ.

SALANIO.--Et moi aussi.

LORENZO.--Venez nous trouver, Gratiano et moi, dans quelque temps, au logis de Gratiano.

SALARINO.--C'est bon, nous n'y manquerons pas.

(Salarino et Salanio sortent.)

GRATIANO.--Cette lettre ne venait-elle pas de la belle Jessica?

LORENZO.--Il faut que je te dise tout: elle m'instruit de la manière dont il faut que je l'enlève de la maison de son père, me détaille ce qu'elle emporte d'or et de bijoux, l'habillement de page qu'elle a tout prêt. Si jamais le Juif son père entre dans le ciel, ce ne sera que par considération pour son aimable fille; et jamais le malheur n'osera traverser les pas de cette belle, qu'en s'autorisant du prétexte qu'elle est la lignée d'un Juif sans foi. Allons, viens avec moi: parcours cette lettre tout en marchant. La belle Jessica me servira de porte-flambeau.

(Ils sortent.)

SCÈNE V

Dans la maison de Shylock.

SHYLOCK, LANCELOT.

SHYLOCK.--Allons; tu verras par tes yeux, et tu jugeras de la différence qu'il y a entre le vieux Shylock et Bassanio.--Hé! Jessica?--Tu ne seras pas toujours à faire bombance, comme tu l'as faite avec moi.... Eh! Jessica?... Et à dormir, et à ronfler, et à déchirer tes habits.--Eh bien! Jessica? Quoi donc?

LANCELOT.--Holà! Jessica?

SHYLOCK.--Qui te dit d'appeler? Je ne t'ai pas dit d'appeler.

LANCELOT.--Votre Seigneurie me reprochait souvent de ne savoir rien faire sans qu'on me le dît.

(Entre Jessica.)

JESSICA.--Vous m'appelez? Que voulez-vous?

SHYLOCK.--Je suis invité à souper dehors, Jessica; voilà mes clefs.--Mais pourquoi irais-je? Ce n'est pas par amitié que je suis invité; ils me flattent: eh bien! j'irai par haine, pour manger aux dépens du prodigue chrétien.--Jessica, ma fille, veille sur ma maison. J'ai de la répugnance à sortir: il se brasse quelque chose de contraire à mon repos: car j'ai rêvé cette nuit de sacs d'argent.

LANCELOT.--Je vous en conjure, monsieur, allez-y. Mon jeune maître attend avec impatience votre déconvenue[6].

SHYLOCK.--Et moi la sienne.

LANCELOT.--Ils ont comploté ensemble.....--Je ne dirai pas précisément que vous devez voir une mascarade: mais si vous en voyez une, alors ce n'était donc pas pour rien que mon nez a saigné le dernier lundi Noir[7], à six heures du matin; ce qui répondait au mercredi des cendres, dans l'après-dînée, d'il y a quatre ans.

Note 6: (retour) *Your reproach* (reproche, honte); c'est probablement une balourdise de Lancelot pour *approach* (approche); *reproach* est pris ici par le Juif dans le sens de *honte*, qui n'a aucun rapport de son avec aucun mot qui puisse être dans l'intention de Lancelot. On y a substitué *déconvenue*, qu'il peut dire pour *venue*.

Note 7: (retour) Le lundi de Pâques. En 1360, le lundi de Pâques, 14 avril, Edouard III faisant avec son armée le siége de Paris, il survint un froid si brumeux et si violent, que plusieurs soldats moururent de froid sur leurs chevaux, et que le lundi de Pâques en conserva le nom de lundi Noir.

SHYLOCK.--Quoi! y aura-t-il des masques? Écoutez-moi, Jessica. Fermez bien mes portes; et lorsque vous entendrez le tambour, et le détestable criaillement du fifre au cou tors, n'allez pas vous hisser aux fenêtres, ni montrer votre tête en public sur la rue, pour regarder des fous de chrétiens aux visages vernis: mais bouchez bien les oreilles de ma maison; je veux dire les fenêtres: que le son de ces vaines folies n'entre pas dans ma grave maison.--Par le bâton de Jacob, je jure que je ne me sens nulle envie d'aller ce soir à un festin en ville; cependant j'irai.--Vous, drôle, prenez les devants, et annoncez que je vais y aller.

LANCELOT.--Je vais vous précéder, monsieur. (*Bas à Jessica.*) Maîtresse, malgré tout ce qu'il dit, regardez à la fenêtre; vous verrez approcher un chrétien, qui mérite bien les regards d'une Juive.

(Lancelot sort.)

SHYLOCK.--Hé! que vous dit cet imbécile de la race d'Agar?

JESSICA.--Il me disait: Adieu, maîtresse; rien de plus.

SHYLOCK.--Ce Jeannot-là[8] est assez bon homme, mais gros mangeur, lent au projet comme une vraie tortue, et dormant dans le jour plus qu'un chat sauvage. Les frelons ne bâtissent pas dans ma ruche: ainsi je me sépare de lui, pour le céder à un homme que je veux qu'il aide à dépenser promptement l'argent qu'il m'a emprunté.--Allons, Jessica, rentrez. Peut-être reviendrai-je sur-le-champ. Faites ce que je vous recommande: fermez les portes sur vous. Bien attaché, bien retrouvé: c'est un proverbe qui ne vieillit point pour un esprit économe.

(Il sort.)

JESSICA.--Adieu.--Et, si la fortune ne m'est pas contraire, j'ai perdu un père, et vous une fille.

(Elle sort.)

Note 8: (retour) *The Patch.* Patch était, à ce qu'il paraît, le fou du cardinal Wolsey, dont le nom était devenu proverbial comme l'est parmi nous celui de Jeannot ou de Jocrisse.

SCÈNE VI

Toujours au même lieu.

GRATIANO ET SALARINO *masqués*.

GRATIANO.--Voici le hangar sous lequel Lorenzo nous a dit de l'attendre.

SALARINO.--L'heure qu'il nous avait donnée est presque passée.

GRATIANO.--Et il est bien étonnant qu'il tarde autant; car les amoureux devancent toujours l'horloge.

SALARINO.--Oh! les pigeons de Vénus volent dix fois plus vite pour sceller de nouveaux liens d'amour, qu'ils n'ont coutume de faire pour rester fidèles à leurs anciens engagements.

GRATIANO.--Cela sera toujours vrai: quel convive se lève d'une table avec cet appétit aigu qu'il sentait en s'y asseyant? Où est le cheval qui revienne sur les ennuyeuses traces de la route qu'il a parcourue, avec le feu qu'il avait en partant? Pour tous les biens de ce monde, il y a plus d'ardeur dans la poursuite que dans la jouissance. Voyez comme, semblable au jeune homme ou à l'enfant prodigue, le navire sort pavoisé de son port natal, embrassé et caressé par la brise libertine; et voyez comme il revient, également semblable à l'enfant prodigue, les côtes creusées par les injures de l'air, les voiles en lambeaux, desséché, délabré et appauvri par le libertinage de la brise.

(Entre Lorenzo.)

SALARINO.--Ah! voici Lorenzo!--Nous continuerons dans un autre moment.

LORENZO.--Chers amis, pardon d'avoir tardé si longtemps. Ce n'est pas moi, ce sont mes affaires qui vous ont fait attendre. Quand il vous prendra fantaisie de voler des épouses, je vous promets de faire le guet aussi longtemps pour vous.--Approchez; c'est ici la demeure de mon beau-père le Juif.--Holà, holà, quelqu'un!

(Jessica paraît à la fenêtre déguisée en page.)

JESSICA.--Qui êtes-vous? Nommez-vous, pour plus de certitude; quoique je puisse jurer de vous connaître à votre voix.

LORENZO.--Lorenzo, ton bien-aimé.

JESSICA.--C'est Lorenzo, bien sûr; et mon bien-aimé, bien vrai; car quel autre aimé-je autant? et quel autre que vous, Lorenzo, sait si je suis votre amante?

LORENZO.--Le ciel et ton coeur sont témoins que tu l'es.

JESSICA.--Tenez, prenez cette cassette; elle en vaut la peine. Je suis bien aise qu'il soit nuit, et que vous ne me voyiez point; car je suis honteuse de mon déguisement: mais l'Amour est aveugle, et les amants ne peuvent voir les charmantes folies qu'ils font eux-mêmes: s'ils les pouvaient apercevoir, Cupidon lui-même rougirait de me voir ainsi transformée en garçon.

LORENZO.--Descendez, car il faut que vous me serviez de porte-flambeau.

JESSICA.--Quoi! faut-il que je porte la lumière sur ma propre honte! Oh! elle ne m'est, je le jure, que trop claire à moi-même. Vous me donnez là, cher amour, un emploi d'éclaireur, et j'ai besoin de l'obscurité.

LORENZO.--Et vous êtes obscurcie, ma douce amie, même sous cet aimable vêtement de page. Mais venez sans différer; car la nuit, déjà close, commence à s'écouler, et nous sommes attendus à la fête de Bassanio.

JESSICA.--Je vais fermer les portes et me dorer encore de quelques ducats de plus, et je suis à vous dans le moment.

(Elle quitte la fenêtre.)

GRATIANO.--Par mon chaperon, c'est une Gentille, et non pas une Juive.

LORENZO.--Malheur à moi, si je ne l'aime pas de toute mon âme! Car elle est sage, autant que j'en puis juger; elle est belle, si mes yeux ne me trompent point; elle est sincère, car je l'ai éprouvée telle, et en conséquence, comme fille sage, belle et sincère, elle occupera pour toujours mon âme constante. (*Jessica reparaît à la porte.*) Ah! te voilà?--Allons, messieurs, partons. Les masques de notre compagnie nous attendent.

(Il sort avec Jessica et Salarino.)

(Entre Antonio.)

ANTONIO.--Qui est là?

GRATIANO.--C'est vous, seigneur Antonio?

ANTONIO.--Fi, fi, Gratiano: où sont tous les autres? Il est neuf heures. Tous nos amis vous attendent.--Point de mascarade ce soir. Le vent s'élève, et Bassanio va s'embarquer tout à l'heure. J'ai envoyé vingt personnes vous chercher.

GRATIANO.--J'en suis fort aise; je ne désire pas de plus grand plaisir que de mettre à la voile, et de partir cette nuit.

(Ils sortent.)

SCÈNE VII

A Belmont.--Un appartement dans la maison de Portia.

Fanfare de cors. Entrent PORTIA, LE PRINCE DE MAROC *et leurs suites.*

PORTIA.--Allons, tirez les rideaux, et découvrez les coffres à ce noble prince. Maintenant choisissez.

LE PRINCE DE MAROC.--Le premier est d'or, et porte cette inscription:

Qui me choisira gagnera ce que beaucoup d'hommes désirent.

Le second est d'argent, et porte cette promesse:

Qui me choisira aura tout ce qu'il mérite.

Le troisième est de plomb, avec une inscription aussi peu remarquable que le métal:

Qui me choisira doit donner et risquer tout ce qu'il a.

Comment saurai-je si je choisis bien?

PORTIA.--Prince, l'un des trois renferme mon portrait: si vous le choisissez, je vous appartiens avec lui.

LE PRINCE DE MAROC.--Puisse quelque dieu diriger mon jugement et ma main! Voyons un peu. Je veux encore jeter les yeux sur les inscriptions. Que dit le coffre de plomb?

Qui me choisira doit donner et risquer tout ce qu'il a.

Doit donner! Pourquoi? Pour du plomb! Risquer pour du plomb? Ce coffre présente une menace. On ne hasarde tout que dans l'espoir de grands avantages. Un coeur d'or ne se laisse pas prendre à l'amorce d'un métal de rebut. Je ne veux ni donner, ni risquer rien pour du plomb.--Que dit l'argent avec sa couleur virginale?

Qui me choisira recevra tout ce qu'il mérite.

Tout ce qu'il mérite? Arrête là, prince de Maroc, et pèse ce que tu vaux d'une main impartiale. Si tu juges de ton prix par l'opinion que tu as de toi, ton mérite est assez grand; mais assez ne s'étend pas suffisamment loin pour atteindre cette dame.--Et pourtant, douter de ce que je vaux, ce serait lâchement m'exclure.--Tout ce que je mérite!.... Mais vraiment: c'est d'obtenir la dame. Je la mérite par ma naissance, par mon rang, par mes grâces, par les qualités que j'ai reçues de l'éducation; mais plus que tout cela, je la mérite par mon amour. Si je ne m'égarais pas plus loin, et que je fixasse ici mon choix.... Voyons encore une fois ce qui est gravé sur le coffre d'or:

me choisira gagnera ce que beaucoup d'hommes désirent.

Mais c'est cette dame. Le monde entier la désire, et l'on vient des quatre coins de la terre pour baiser cette châsse, cette sainte mortelle et vivante. Les déserts de l'Hyrcanie et les sauvages solitudes de la vaste Arabie sont devenus le grand chemin que traversent les princes pour venir contempler la belle Portia; le liquide royaume, dont la tête ambitieuse vomit à la face des cieux n'est pas une barrière capable d'arrêter ces courages lointains: ils arrivent comme sur un ruisseau, pour voir la belle Portia. Un de ces trois coffres contient son divin portrait: est-il probable qu'elle soit contenue dans du plomb? Former une si basse pensée mériterait la damnation; ce métal serait trop grossier pour assujettir même le linceul destiné à l'embaumer dans la nuit du tombeau. Croirai-je qu'elle est cachée dans l'argent, et rabaissée ainsi dix fois au-dessous de l'or pur? Idée criminelle! Jamais brillant si précieux ne fut enchâssé dans un métal au-dessous de l'or. Les Anglais ont une monnaie d'or frappée de la figure d'un ange: mais il n'est qu'empreint dessus; c'est un ange couché dans un lit d'or. Donnez-moi la clef. Je choisis celui-ci, arrive que pourra.

PORTIA.--La voilà, prince, et si c'est ma figure que vous y trouvez, je vous appartiens.

(Elle ouvre le coffre d'or.)

LE PRINCE DE MAROC.--O enfer! que vois-je là? Un squelette et dans le creux de son oeil un rouleau de papier! lisons cet écrit.

Tout ce qui reluit n'est pas or,

Vous l'avez souvent ouï dire.

Bien des hommes ont vendu leur vie,

Pour ne faire que voir ce que j'offre extérieurement.

Les tombes dorées renferment des vers.

Si vous eussiez été aussi sage que hardi,

Et jeune par la force, vieux par le jugement,

Votre réponse n'eût pas été dans ce rouleau

Adieu: votre requête est à néant.

A néant, en effet, et ma peine perdue! Adieu donc, ardeur. Glace, je t'accueille. (*A Portia.*)--Adieu, Portia, mou coeur est trop accablé pour se répandre en pénibles adieux. Ainsi s'éloignent les malheureux qui ont tout perdu.

(Il sort avec sa suite.)

PORTIA.--Nous en voilà délivrés tout doucement. Fermez les rideaux. Allons.... puissent tous ceux de sa couleur choisir de même!

(Ils sortent.)

SCÈNE VIII

A Venise.--Une rue.

Entrent SALANIO, SALARINO.

SALARINO.--Eh! vraiment oui, j'ai vu Bassanio mettre à la voile. Gratiano est parti avec lui, et Lorenzo n'est point dans leur vaisseau; j'en suis sûr.

SALANIO.--Ce coquin de Juif a éveillé par ses cris le duc, qui est venu avec lui faire la recherche du vaisseau de Bassanio.

SALARINO.--Il est venu trop tard. L'ancre était levée; mais on a donné à entendre au duc, qu'on avait vu dans une gondole Lorenzo et sa tendre Jessica. D'ailleurs Antonio a certifié au duc qu'ils n'étaient pas dans le même vaisseau que Bassanio.

SALANIO.--Jamais je n'ai entendu d'exclamations de colère si confuses, si bizarres, si violentes et changeant si continuellement d'objet, que celles que ce chien de Juif proférait dans les rues: «Ma fille! ô mes ducats! ô ma fille! Un chrétien les emporte. O mes chrétiens de ducats! Justice! la loi! Mes ducats et ma fille! Un sac cacheté, deux sacs cachetés de ducats, de doubles ducats, que ma fille m'a volés! Et des bijoux! deux pierres, deux pierres rares et précieuses, que ma fille m'a volées! Justice! Qu'on trouve ma fille; elle a sur elle les pierres et les ducats.»

SALARINO.--Tous les petits garçons de Venise courent après lui, criant: ses pierres, sa fille et ses ducats!

SALANIO.--Que le bon Antonio prenne garde à ne pas manquer au jour fixé, ou ce sera lui qui payera cela.

SALARINO.--Vraiment, vous avez raison d'y songer. J'ai parlé hier à un Français qui m'a dit que sur le détroit qui sépare la France de l'Angleterre, il avait péri un vaisseau de notre pays, richement chargé. Quand il m'a dit cette nouvelle, j'ai pensé à Antonio, et j'ai silencieusement souhaité que ce ne fût pas un des siens.

SALANIO.--Vous ferez mieux d'avertir Antonio de ce que vous savez; mais ne le faites pas trop brusquement, de peur de l'affliger.

SALARINO.--Il n'est pas de plus excellent homme sur la terre. J'ai vu Bassanio et Antonio se séparer. Bassanio lui disait qu'il hâterait son retour le plus qu'il pourrait; Antonio lui répondait: «N'en faites rien, Bassanio; n'allez pas, pour l'amour de moi, gâter vos affaires par trop de précipitation: laissez mûrir les choses autant qu'il conviendra. Quant au billet que le Juif a de moi, n'en laissez pas occuper votre esprit amoureux; tenez-vous en joie: que votre première pensée soit de trouver les moyens de plaire, et de faire éclater votre amour par les témoignages les plus propres à réussir.» A ces mots, les yeux gros de larmes et détournant le visage, il a tendu sa main en arrière, et il a serré celle de Bassanio avec une affection singulièrement tendre; et c'est ainsi qu'ils se sont séparés.

SALANIO.--Je crois qu'il n'aime la vie que pour lui: je t'en prie, allons le trouver, et tâchons d'alléger par quelque divertissement la tristesse à laquelle il se livre.

SALARINO.--Oui, allons.

(Ils sortent.)

SCÈNE IX

A Belmont.--Une pièce de la maison de Portia.

Entre NÉRISSA *avec* UN VALET.

NÉRISSA, *au valet.*--Vite et vite, je t'en prie, tire vite le rideau. Le prince d'Aragon a prêté le serment, et il s'avance pour choisir.

(Fanfare de cors. Entrent le prince d'Aragon, Portia et leur suite.)

PORTIA.--Voyez, noble prince; voici les coffres: si vous prenez celui qui contient mon portrait, notre hymen sera célébré sur-le-champ. Mais si vous

vous trompez, il faudra, seigneur, sans plus de discours, quitter immédiatement ces lieux.

LE PRINCE.--Je suis obligé, par mon serment, d'observer trois choses: la première, de ne jamais révéler à personne quel est le coffre que j'aurai choisi; ensuite, si je manque le véritable coffre, de ne jamais faire de proposition de mariage à aucune jeune fille: enfin, si je n'ai pas le bonheur de bien choisir, de vous quitter et de partir sur-le-champ.

PORTIA.--Ce sont les conditions que jurent d'observer ceux qui viennent pour moi s'exposer à des hasards, quelque peu digne que j'en sois.

LE PRINCE.--Je me suis soumis à ces conditions en vous adressant mes voeux. Fortune, maintenant favorise l'espoir de mon coeur. De l'or, de l'argent et du vil plomb!

Qui me choisit doit donner et risquer tout ce qu'il a.

Vous aurez une plus belle apparence, avant que je donne ou risque quelque chose. Que dit le coffre d'or? Ah! voyons.

Qui me choisit recevra ce que beaucoup d'hommes désirent.

Beaucoup d'hommes désirent beaucoup.... Cela peut s'entendre de la sotte multitude qui détermine son choix sur l'apparence, n'apercevant rien au delà de ce que son oeil charmé lui présente; qui ne perce pas jusque dans l'intérieur, mais comme le martinet, qui construit son nid sur les murs extérieurs, exposé aux injures de l'air, à la portée et dans le chemin même des accidents. Je ne choisirai point ce que tant de gens désirent; je ne veux pas marcher avec les esprits vulgaires et me ranger parmi la foule ignorante. Je viens à toi, riche sanctuaire d'argent. Répète-moi encore l'inscription que tu portes.

Qui me choisit recevra tout ce qu'il mérite.

C'est bien dit; car qui peut chercher à duper la fortune et s'élever honorablement sans l'empreinte du mérite? Que personne ne prétende se revêtir d'honneurs dont il est indigne.... Oh! plût au ciel que les biens, les charges, les dignités, ne se détournassent jamais dans des voies injustes, et que le pur honneur ne pût jamais s'acquérir que par le mérite de celui qui en est revêtu. Que de gens qui sont nus seraient couverts! que d'autres qui commandent seraient commandés! que de grains de bassesse à séparer de la vraie semence de l'honneur! que l'on retrouverait d'honneur caché sous le chaume et sous les ruines du temps, et auquel on devrait rendre son premier éclat! Mais choisissons.

me choisit recevra tout ce qu'il mérite.

Je prendrai ce que je mérite. Donnez-moi la clef de celui-ci, et découvrez mon sort sur-le-champ.

PORTIA.--Vous y avez mis trop de temps pour ce que vous trouverez ici.

LE PRINCE.--Qu'est-ce? la figure d'un idiot, qui cligne de l'oeil et me présente un papier? Je veux le lire. Que tu es différent de Portia! Que tu es différent de ce que j'espérais, et de ce que je méritais!

me prend recevra tout ce qu'il mérite.

N'ai-je donc mérité rien de mieux que la tête d'un sot? Est-ce là ce que je vaux? Est-ce là tout ce que je mérite?

PORTIA.--Offenser et juger sont deux emplois différents et de nature opposée.

LE PRINCE.--Lisons:

> Le feu a éprouvé sept fois ce métal;
>
> Sept fois éprouvé est le jugement
>
> Qui n'a jamais mal choisi.
>
> Il est des gens qui n'embrassent que des ombres;
>
> Ceux-là n'ont que l'ombre du bonheur!
>
> Je sais qu'il y a des sots sur la terre,
>
> Vêtus d'argent, comme je le suis;
>
> Épousez quelle femme vous voudrez,
>
> Votre tête sera toujours la mienne.
>
> Ainsi partez, seigneur, vous êtes congédié.

Plus je tarderai dans ces lieux, plus j'y ferai la figure d'un sot. Je suis venu apporter mes voeux avec une tête de sot, et je m'en retourne avec deux. Adieu donc, dame, je remplirai mon serment de supporter patiemment mon malheur.

(Sortent le prince d'Aragon et sa suite.)

PORTIA.--Le moucheron s'est brûlé à la lumière. Oh! ces sots réfléchis! Quand ils choisissent, ils sont tout juste assez sages pour se perdre à force de raisonnements.

NÉRISSA.--Le vieux proverbe n'a pas tort: la potence et le choix d'une femme sont une affaire de hasard.

PORTIA.--Allons, ferme le rideau, Nérissa.

(Entre un valet.)

LE VALET.--Où est madame?

PORTIA.--La voici: que lui veut monsieur?

LE VALET.--Madame, il vient de descendre à votre porte un jeune Vénitien, qui marche devant son maître pour annoncer son arrivée, et vous présenter de sa part des hommages très-substantiels, je veux dire, outre les compliments et les paroles courtoises, des présents d'un haut prix. Je n'ai jamais vu de messager d'amour si avenant. Jamais un jour d'avril n'annonça les richesses de l'été qui s'avance, sous un aspect aussi gracieux que ce courrier lorsqu'il annonce son maître.

PORTIA.--Arrête, je te prie; je crains presque que tu ne me dises tout à l'heure qu'il est de tes parents, en te voyant dépenser ainsi, pour le louer, tout ton esprit des dimanches. Allons, allons, Nérissa, je brûle de voir cet agile courrier d'amour, qui se présente de si bonne grâce.

NÉRISSA.--Que ce soit Bassanio, seigneur Amour, si telle est ta volonté.

(Ils sortent.)

FIN DU DEUXIÈME ACTE.

ACTE TROISIÈME

SCÈNE I

A Venise.--Une rue.

SALANIO, SALARINO

SALANIO.--Eh bien! quelles nouvelles sur le Rialto?

SALARINO.--Le bruit y continue toujours, sans que personne le contredise, qu'Antonio a perdu dans le détroit un vaisseau richement chargé à l'endroit qu'ils nomment, je crois, les Good-wins; un bas-fond dangereux et fatal, où sont ensevelis, dit-on, les carcasses d'une foule de gros vaisseaux; si du moins ma commère d'histoire se trouve être femme de parole.

SALANIO.--Je voudrais qu'elle fût la plus menteuse commère qui ait jamais mangé pain d'épice, ou qui ait voulu faire accroire à ses voisines qu'elle pleurait la mort de son troisième mari.--Mais il n'est que trop vrai, sans perdre le temps en paroles, et pour dire tout bonnement les choses sans détour, que le bon Antonio, l'honnête Antonio.... Oh! de quelle épithète assez digne pourrai-je accompagner son nom?

SALARINO.--Eh bien! enfin?

SALANIO.--Eh! que dis-tu? La fin de tout cela, c'est qu'il a perdu un navire.

SALARINO.--Je voudrais du moins que ce fût là la fin de ses pertes.

SALANIO.--Que je te réponde à temps, *Amen!* de peur que le diable ne vienne empêcher l'effet de ta prière, car c'est lui que je vois s'avancer sous la figure d'un Juif. (*Entre Shylock.*) Eh bien! Shylock, quelles nouvelles parmi les marchands?

SHYLOCK.--- Vous avez su, et personne ne le sait, personne ne le sait si bien que vous, comment ma fille a pris la fuite.

SALARINO.--Cela est sûr. Pour ma part, je connais le tailleur qui a fait les ailes avec lesquelles elle s'est envolée.

SALANIO.--Et Shylock, pour sa part, sait que l'oiseau avait toutes ses plumes, et qu'il est alors dans la nature des oiseaux de quitter leur nid.

SHYLOCK.--Elle sera damnée pour cela.

SALARINO.--Oh! sans doute; si c'est le diable qui la juge.

SHYLOCK.--Ma chair et mon sang se révolter!

SALANIO.--Fi donc, vieux cadavre! comment, ils se révoltent à ton âge?

SHYLOCK.--Je dis que ma fille est ma chair et mon sang.

SALARINO.--Il y a plus de différence entre ta chair et la sienne, qu'entre le jais et l'ivoire; plus entre ton sang et le sien, qu'entre du vin rouge et du vin du Rhin. Mais, dites-nous, avez-vous ouï dire qu'Antonio ait fait quelques pertes sur mer?

SHYLOCK.--J'ai encore là une mauvaise affaire, un banqueroutier, un prodigue, qui ose à peine se montrer sur le Rialto; un mendiant, qui vous venait faire l'agréable sur la place. Qu'il prenne garde à son billet. Il avait coutume de m'appeler usurier..... Qu'il prenne garde à son billet. Il avait coutume de prêter de l'argent par charité chrétienne..... Qu'il prenne garde à son billet.

SALARINO.--Mais je suis bien sûr que, s'il manquait à ses engagements, tu ne prendrais pas sa chair; à quoi te servirait-elle?

SHYLOCK.--A amorcer des poissons. Elle nourrira ma vengeance, si elle ne nourrit rien de mieux. Il m'a humilié; il m'a fait tort d'un demi-million; il a ri de mes pertes; il s'est moqué de mon gain; il a insulté ma nation; il a fait manquer mes marchés; il a refroidi mes amis, échauffé mes ennemis, et pour quelle raison? Parce que je suis un Juif. Un Juif n'a-t-il pas des yeux? un Juif n'a-t-il pas des mains, des organes, des proportions, des sens, des affections, des passions? ne se nourrit-il pas des mêmes aliments? n'est-il pas blessé des mêmes armes, sujet aux mêmes maladies, guéri par les mêmes remèdes, réchauffé par le même été et glacé par le même hiver qu'un chrétien? si vous nous piquez, ne saignons-nous pas? si vous nous chatouillez, ne rions-nous pas? si vous nous empoisonnez, ne mourons-nous pas? et si vous nous outragez, ne nous vengerons-nous pas? si nous sommes semblables à vous dans tout le reste, nous vous ressemblerons aussi en ce point. Si un Juif outrage un chrétien, quelle est la modération de celui-ci? La vengeance. Si un chrétien outrage un Juif, comment doit-il le supporter, d'après l'exemple du chrétien? En se vengeant. Je mettrai en pratique les scélératesses que vous m'apprenez; et il y aura malheur si je ne surpasse pas mes maîtres.

(Entre un valet.)

LE VALET d'*Antonio*.--Messieurs, mon maître Antonio est chez lui, et désire vous parler à tous deux.

SALARINO.--Nous l'avons cherché de tous côtés.

SALANIO.--En voici un autre de la tribu. On n'en trouverait pas un troisième de la même secte, à moins que le diable en personne ne se fît Juif.

(Salanio et Salarino sortent.)

(Entre Tubal.)

SHYLOCK.--Eh bien! Tubal, quelles nouvelles de Gênes? As-tu trouvé ma fille?

TUBAL.--J'ai, en beaucoup d'endroits, entendu parler d'elle; mais je n'ai pu la trouver.

SHYLOCK.--Quoi! quoi!--Voyez, voyez, voyez un diamant qui m'a coûté deux mille ducats à Francfort, que voilà parti. Jamais notre nation ne fut maudite comme à présent..... Je ne l'ai jamais éprouvé, comme je l'éprouve aujourd'hui. Deux mille ducats, dans cette affaire, et d'autres précieux bijoux!.... Je voudrais voir ma fille morte à mes pieds et les diamants à ses oreilles. Que n'est-elle ensevelie à mes pieds, et les ducats dans sa bière! Point de nouvelles! et de plus je ne sais combien d'argent dépensé pour la faire chercher! Quoi! perte sur perte! Tant d'emporté par le voleur! et tant de dépensé pour chercher le voleur! et point de satisfaction, point de vengeance! Il n'arrive point de malheur, qu'il ne me tombe sur le dos: il n'est point d'autres soupirs que ceux que je pousse, d'autres larmes que celles que je verse.

TUBAL.--D'autres que vous ont aussi du malheur. Antonio, à ce que j'ai appris à Gênes....

SHYLOCK.--Quoi, quoi, quoi? Un malheur, un malheur?

TUBAL.--A perdu un de ses vaisseaux venant de Tripoli.

SHYLOCK.--Dieu soit loué! Dieu soit loué! Est-il bien vrai? est-il bien vrai?

TUBAL.--J'ai parlé à des matelots échappés du naufrage.

SHYLOCK.--Je te remercie, cher Tubal. Bonne nouvelle! bonne nouvelle! Ha! ha!--Où cela? à Gênes?

TUBAL.--On m'a dit un soir à Gênes que votre fille y avait dépensé quatre-vingts ducats.

SHYLOCK.--Tu m'enfonces un poignard! je ne reverrai jamais mon or. Quatre-vingts ducats dans un seul endroit! quatre-vingts ducats!

TUBAL.--Je suis arrivé à Venise avec différents créanciers d'Antonio, lesquels affirment qu'il n'y a d'autre parti pour lui que de faire banqueroute.

SHYLOCK.--J'en suis ravi. Je le ferai souffrir. Je le torturerai. J'en suis ravi.

TUBAL.--L'un d'eux m'a montré une bague qu'il avait eue de votre fille pour un singe.

- 39 -

SHYLOCK.--La malheureuse! Tu me mets à la torture, Tubal; c'était ma turquoise. Je l'eus de Léah, étant encore garçon. Je ne l'aurais pas donnée pour un désert plein de singes.

TUBAL.--Mais Antonio est certainement ruiné.

SHYLOCK.--Oh! oui, cela est sûr; cela est sûr, va voir le commissaire: préviens-le quinze jours d'avance. S'il manque, j'aurai son coeur. S'il était une fois hors de Venise, je ferais tel négoce que je voudrais. Cours, cours, Tubal, et viens me rejoindre à notre synagogue. Va, bon Tubal... A notre synagogue, Tubal.

(Ils sortent.)

SCÈNE II

À Belmont.--Une pièce dans la maison de Portia.

Entrent PORTIA, BASSANIO, GRATIANO, NÉRISSA,
et plusieurs personnages de leur suite; les coffres sont découverts.

PORTIA.--Tardez un peu, je vous prie. Attendez un jour ou deux, avant de vous hasarder; car si vous choisissez mal, je suis privée de votre compagnie; ainsi attendez donc quelque temps. Quelque chose (mais ce n'est pas de l'amour) me dit que je ne voudrais pas vous perdre; et vous savez que ce ne sont pas là les conseils de la haine. Mais, de peur que vous ne pénétriez pas bien ma pensée (et cependant une fille n'a d'autre langue que la pensée), je voudrais vous retenir ici pendant un ou deux mois avant de vous voir risquer le choix d'où je dépends.--Je pourrais vous apprendre les moyens de bien choisir. Mais alors je serais parjure, et je ne le serai jamais; alors vous pouvez vous tromper... et cependant, si cela arrive, vous me ferez souhaiter un péché: je regretterai de n'avoir pas été parjure. Malheur à vos yeux! ils se sont emparés de moi et m'ont partagée en deux: une moitié de moi-même est à vous; l'autre moitié est à vous... à moi voulais-je dire. Mais si elle est à moi, elle est à vous. Ainsi je suis à vous tout entière; oh! siècle pervers qui met des obstacles entre les propriétaires et leurs possessions, en sorte que, bien qu'à vous, je ne suis pas à vous! Qu'il en soit donc ainsi et que la fortune aille en enfer pour ce fait, et non pas moi! Je parle trop, mais c'est pour peser sur le temps, le filer, le traîner en longueur, et retarder l'instant de votre choix.

BASSANIO.--Laissez-moi choisir; car vivre en l'état où je suis c'est être à la torture.

PORTIA.--A la torture, Bassanio? Avouez donc quelle trahison est mêlée à votre amour?

BASSANIO.--Aucune, si ce n'est l'horrible trahison de la défiance qui me fait redouter l'instant de jouir de mon amour. La neige et le feu pourraient plutôt s'unir et vivre ensemble que la trahison et mon amour.

PORTIA.--Oui; mais je crains que vous ne parliez comme un homme à la torture, dont la violence lui fait dire toutes sortes de choses.

BASSANIO.--Promettez-moi la vie, et je confesse la vérité.

PORTIA.--Eh bien! confessez et vivez.

BASSANIO.--Confesser et aimer eût renfermé tout mon aveu. Heureux tourments, lorsque celui qui fait mon supplice me suggère des réponses pour ma délivrance! Mais laissez-moi essayer ma fortune et les coffres.

PORTIA.--Allez donc. Je suis enfermée dans l'un d'eux; si vous m'aimez, vous me trouverez. Nérissa, et vous tous, faites place.--Que la musique joue tandis qu'il fera son choix.--Alors, s'il choisit mal, il finira comme le cygne qui s'évanouit au milieu des chants. Et afin que la comparaison soit plus parfaite, mes yeux formeront le ruisseau, et un lit de mort liquide pour lui. Il se peut que son choix soit heureux; et alors, à quoi servira la musique? A quoi? Elle sera comme la fanfare qui se fait entendre, tandis que des sujets fidèles rendent hommage à leur monarque nouvellement couronné.--Elle sera, comme ces doux sons qui, aux premiers rayons du matin, s'insinuent dans l'oreille du fiancé encore enseveli dans les songes, et l'appellent à l'hyménée.--Le voilà qui s'avance avec autant de dignité, mais avec bien plus d'amour que le jeune Alcide, lorsqu'il venait affranchir Troie gémissante du tribut d'une vierge payé au monstre de la mer. Je suis là, prête à subir le sacrifice; toutes les autres sont les épouses troyennes, qui, les yeux troublés par les larmes, s'avancent hors des murs pour voir l'issue de l'entreprise. Va, Hercule; si tu vis, je vis. Je vois le combat avec bien plus de terreur que toi, qui portes les coups.

(Air chanté, tandis que Bassanio examine les coffres, et semble se livrer à ses réflexions.)

Dis-moi, où siége l'illusion.

Est-ce dans le coeur, ou dans la tête?

Comment naît-elle? comment se nourrit-elle?

Réponds, réponds.

L'illusion s'engendre dans les yeux,

Elle se nourrit de regards, et l'illusion meurt

Dans le berceau qu'elle habite.

Sonnons, sonnons tous la cloche de mort de l'illusion.

Je vais commencer. Ding dong, vole.

TOUS.

Ding dong; ding dong, vole[2].

BASSANIO.--C'est ainsi que ce qui paraît le plus en dehors répond le moins à l'apparence. Le monde est sans cesse déçu par l'ornement. En justice est-il un argument si souillé, si pervers, qu'une voix gracieuse ne puisse l'envelopper de façon à cacher le mal qui s'y trouve renfermé? En religion, est-il une erreur damnable, qu'un front sévère ne sanctifie et ne fasse passer au moyen d'un texte qui en cachera la grossièreté sous une séduisante parure? Il n'est pas de vice si ingénu qui n'emprunte à l'extérieur quelques caractères de la vertu. Que de poltrons, au coeur aussi peu sûr qu'un escalier de sable, portent cependant sur leur menton les barbes d'Hercule et du terrible Mars! Pénétrez dans leur intérieur, vous ne trouverez que des foies blancs comme du lait: ils ne prennent du courage que ce qu'il jette en dehors, pour se rendre redoutables. Regardez la beauté, et vous verrez qu'elle s'achète au poids de ce métal qui opère en ceci un miracle dans la nature, rendant plus facile la route de celui qui en porte le plus[10]. Ainsi ces tresses d'or, ondoyantes comme un serpent, qui gambadent si follement, au souffle du vent, sur une beauté supposée, ne sont bien souvent qu'un héritage passé sur une seconde tête, tandis que le crâne qui les a nourris est dans le tombeau. L'ornement n'est donc que le rivage perfide d'une mer dangereuse, la brillante écharpe qui voile une beauté indienne; en un mot, un dehors de vérité dont ce siècle artificieux se revêt pour faire tomber les plus sages dans le piége. Ainsi donc, or brillant, aliment que Midas a trouvé trop dur, je ne veux point de toi; ni de toi, pâle et vulgaire agent entre l'homme et l'homme. Mais toi, toi, pauvre plomb, qui menaces plus que tu ne promets, ta pâle simplicité me touche plus que l'éloquence. Je fixe ici mon choix. Puisse le bonheur en être le fruit!

Note 9: (retour) _Ding dong bell._ Ce refrain est destiné à imiter le son de la cloche qui ne se pourrait rendre en français en traduisant _bell_ par _cloche_, qui est le mot correspondant. On y a substitué _vole_, qui exprime une des manières de sonner la cloche, et produit à peu près le même effet imitatif.

Note 10: (retour) _Making them lightest that wear more of it._ _Light_ est ici employé dans son double sens de brillant, et de léger. L'or, en rendant plus brillants (*lightest*) ceux qui en portent le plus, rend plus légers (*lightest*) ceux, etc., etc. Le jeu de mots était intraduisible.

PORTIA.--Comme toutes les autres passions se dissipent dans les airs, les pensées inquiètes, le désespoir imprudent, la crainte frissonnante, la jalousie à l'oeil verdâtre! Amour, modère-toi, tempère ton extase, verse tes douceurs avec mesure, diminues-en l'excès. Je ressens trop tes félicités; affaiblis-les, de peur que je n'y succombe.

BASSANIO, *ouvrant le coffre de plomb*.--Que vois-je? l'image de la belle Portia! Quel demi-dieu a si fort approché de la création? Ces yeux se meuvent-ils? ou serait-ce que, se balançant sur mes prunelles mobiles, ils me paraissent en mouvement? Ici sont des lèvres entr'ouvertes qu'a séparées une haleine de miel: une aussi douce barrière devait séparer d'aussi douces amies. Là, dans ses cheveux, le peintre, imitant l'araignée, a tissé un réseau d'or où les coeurs des hommes seront plutôt pris que ne le sont les mouches dans la toile de l'insecte. Mais ses yeux... comment a-t-il pu voir pour les faire! Un seul achevé suffisait, je crois, pour le priver des deux siens, et lui faire laisser l'ouvrage imparfait. Mais voyez, autant la réalité de mon imagination fait tort à cette ombre par des éloges trop au-dessous d'elle, autant cette ombre se traîne avec peine loin de la réalité. Voici le rouleau qui contient le sommaire de ma destinée.

(Il lit.)

Vous qui ne choisissez point sur l'apparence,

Vous avez bonne chance et bon choix.

Puisque ce bonheur vous arrive,

Soyez content, n'en cherchez pas d'autre.

Si celui-ci vous satisfait,

Et que vous regardiez votre sort comme votre bonheur,

Tournez-vous vers votre dame,

Et prenez-en possession par un baiser amoureux.

Charmant écrit! Belle dame, avec votre permission. (*Il l'embrasse.*) Je me présente le billet à la main pour donner et pour recevoir: semblable à celui de deux concurrents se disputant le prix, qui pense avoir satisfait le public, mais qui, lorsqu'il entend les applaudissements, et les acclamations universelles, troublé, s'arrête et regarde avec incertitude, ne sachant pas bien si c'est à lui que s'adresse cette bordée de louanges. Ainsi, trois fois belle Portia, je demeure en doute de ce que je vois jusqu'à ce que vous l'ayez confirmé, signé et ratifié.

PORTIA.--Seigneur Bassanio, vous me voyez où je suis, et telle que je suis! Pour moi seule, je n'aurais pas l'ambition de vouloir beaucoup mieux. Mais pour l'amour de vous, je voudrais pouvoir tripler vingt fois mes mérites, être mille fois plus belle, dix mille fois plus riche. Je voudrais, seulement pour être placée plus haut dans votre estime, surpasser en vertus, en beauté, en biens, en amis, tout ce qui se peut compter. Mais ce que je suis au total se réduit, pour vous le dire en gros, à ceci, à une fille simple, peu instruite, sans expérience, heureuse en ce qu'elle n'est pas hors de l'âge d'apprendre, plus heureuse en ce qu'elle n'est pas née si peu intelligente qu'elle ne puisse apprendre encore, mais heureuse par-dessus tout de soumettre son esprit docile à votre direction, comme à son seigneur, son maître et son roi; moi-même et tout ce qui m'appartient est maintenant à vous, est devenu votre bien. Tout à l'heure j'étais la maîtresse de cette belle maison, de mes domestiques, et reine de moi-même. Maintenant cette maison, ces domestiques et moi-même, nous sommes à vous, à vous, mon seigneur. Je vous les donne avec cette bague. Lorsque vous vous en séparerez ou que vous la perdrez, ou que vous la donnerez, ce sera le présage de la ruine de votre amour. Il ne me restera plus que le droit de me plaindre de vous.

BASSANIO.--Madame, vous m'avez ôté le pouvoir de vous répondre. Mon sang seul vous parle dans mes veines: et toutes les puissances de mon être s'agitent confusément comme, après un discours noblement prononcé par un prince chéri, se confondent dans le murmure de la multitude charmée tous ces sons qui, mêlés ensemble, produisent un chaos où rien ne se distingue plus que la joie qui s'exprime sans s'exprimer. Quand cette bague sera séparée de ce doigt, que la vie se sépare de ce coeur! Vous pourrez dire alors sans crainte de vous tromper: Bassanio est mort.

NÉRISSA.--Mon seigneur et madame, c'est à présent notre tour à nous, qui sommes demeurés spectateurs et qui avons vu s'accomplir nos désirs, de crier: Bonheur parfait, bonheur parfait, mon seigneur et madame!

GRATIANO.--Seigneur Bassanio, et vous, belle dame, je vous souhaite tout le bonheur que vous pouvez désirer; car je suis sûr que vous n'en souhaitez aucun aux dépens du mien. Mais lorsque Vos Seigneuries solenniseront le traité qui doit les engager, permettez-moi, je vous prie, de me marier aussi.

BASSANIO.--De tout mon coeur. Tu peux chercher une femme.

GRATIANO.--Je remercie Votre Seigneurie; vous m'en avez donné une. Mes yeux, seigneur, sont aussi prompts que les vôtres. Vous avez vu la maîtresse, moi j'ai vu la suivante. Vous avez aimé, j'ai aimé, car je ne suis pas plus disposé que vous, seigneur, à traîner les choses en longueur. Votre sort était dans ces coffres, le mien s'y trouve attaché par l'événement; car à force de faire ma cour jusqu'à me mettre en nage, de protester de mon amour jusqu'à m'en être desséché le gosier, je suis parvenu à tenir enfin, si une promesse peut se tenir, la parole de cette belle, qu'elle m'accorderait son amour si vous aviez le bonheur de conquérir sa maîtresse.

PORTIA.--Est-il vrai, Nérissa?

NÉRISSA.--Oui, madame, si c'est votre bon plaisir.

BASSANIO.--Et vous, Gratiano, êtes-vous de bonne foi?

GRATIANO.--Oui, seigneur, je le jure.

BASSANIO.--Nos noces seront fort embellies par les vôtres.

GRATIANO.--Parions avec vous dix mille ducats à qui fera le premier garçon.

NÉRISSA.--Quoi! et vous mettez bas l'enjeu?

GRATIANO.--Non; on ne gagne pas à ce jeu-là quand on met bas l'enjeu.-- Mais qui vient ici? Lorenzo et son infidèle? Quoi! et le Vénitien Salanio, mon vieil ami?

(Entrent Lorenzo, Jessica et Salanio.)

BASSANIO.--Lorenzo et Salanio, soyez ici les bienvenus: si toutefois une possession aussi nouvelle que la mienne me donne le droit de vous y recevoir. Avec votre permission, ma chère Portia, je dis à mes amis, à mes compatriotes qu'ils sont les bienvenus.

PORTIA.--Et je le dis aussi, seigneur; ils sont les très-bienvenus.

LORENZO.--J'en remercie Votre Seigneurie. Pour moi, seigneur, mon dessein n'était pas de venir vous voir ici; mais j'ai rencontré Salanio en chemin; il m'a tant prié de l'accompagner, que je n'ai pu dire non.

SALANIO.--Cela est vrai, seigneur, et j'avais mes raisons. (*Il donne une lettre à Bassanio.*) Le seigneur Antonio se recommande à votre souvenir.

BASSANIO.--Avant que j'ouvre cette lettre, dites-moi comment se porte mon cher ami.

SALANIO.--Point malade, seigneur, si ce n'est dans l'âme; point en santé, si ce n'est celle de l'âme. Sa lettre vous apprendra sa situation.

GRATIANO.--Nérissa, faites un bon accueil à cette étrangère; traitez-la bien. Votre main, Salanio. Quelles nouvelles de Venise? Comment se porte ce *marchand roi*[11], le bon Antonio? Je suis sûr qu'il se réjouira de nos succès. Nous sommes des Jasons, nous avons conquis la Toison.

Note 11: (retour) _That royal merchant._ Lors de la prise de Constantinople par les croisés, la république permit à ses sujets de faire, pour leur propre compte, dans les îles de l'Archipel, des conquêtes dont il fut stipulé qu'ils jouiraient en toute souveraineté, sous la condition d'en faire hommage à la république. Plusieurs des grandes familles de la république créèrent des établissements de ce genre qui leur valurent le titre _de marchands rois._

SALANIO.--Plût à Dieu que vous eussiez trouvé la toison qu'il a perdue?

PORTIA.--Il y a dans cette lettre quelques nouvelles sinistres qui font disparaître la couleur des joues de Bassanio. La mort de quelque ami chéri. Nul autre malheur dans le monde ne peut changer à ce point la constitution d'un homme de courage!... Quoi! de pis en pis?... Permettez, Bassanio. Je suis une moitié de vous-même, et je dois partager sans réserve avec vous tout ce que contient cette lettre.

BASSANIO.--O ma douce Portia! ici sont renfermés un petit nombre de mots les plus tristes qui jamais aient noirci le papier. Aimable dame, la première fois que je vous déclarai mon amour, je vous dis avec franchise que tout le bien que je possédais coulait dans mes veines, que j'étais gentilhomme, et je vous disais vrai. Cependant, chère madame, lorsque je m'évaluais à néant, voyez quel imposteur j'étais; au lieu de vous dire que mon bien n'était rien, j'aurais dû vous dire qu'il était au-dessous de rien; car, dans la vérité, je me suis engagé avec un tendre ami, et j'ai engagé cet ami avec le plus cruel de ses ennemis, pour me procurer des ressources. Voilà une lettre, madame, dont le papier me semble le corps de mon ami, et chaque mot une large blessure qui verse son sang vital. Mais est-il bien vrai, Salanio? Tous ses vaisseaux ont-ils manqué? quoi! il n'en est arrivé aucun? de Tripoli, du Mexique? de l'Angleterre, de Lisbonne, de la Barbarie, de l'Inde? Pas un seul bâtiment n'a pu éviter la terrible rencontre des rochers, ruine des marchands?

SALANIO.--Pas un seul, seigneur. D'ailleurs, il paraît qu'eût-il à présent l'argent du billet, le Juif ne voudrait pas le prendre. Je n'ai jamais vu de créature portant figure d'homme, aussi âpre, aussi acharnée à détruire un homme. Il assiége jour et nuit le duc, en appelle aux libertés de l'État du refus de lui rendre justice. Vingt marchands, le duc lui-même et les magnifiques[12] du grand port, ont tenté de le persuader; mais sa haine ne veut pas sortir de là; une peine encourue, la justice, son billet.

Note 12: (retour) On sait que c'était le titre des grands de Venise, les magnifiques seigneurs.

JESSICA.--Quand j'étais avec lui, je l'ai entendu jurer à Tubal et à Chus, ses compatriotes, qu'il aimerait mieux avoir la chair d'Antonio, que vingt fois la somme qu'il lui avait prêtée; et j'ai la certitude, seigneur, que si les lois et l'autorité, et toute la force du pouvoir ne s'y opposent, la chose ira bien mal pour le pauvre Antonio.

PORTIA.--C'est votre ami qui se trouve dans ces angoisses?

BASSANIO.--Le plus cher de mes amis, le meilleur des hommes; l'âme la mieux faite et la plus infatigable à rendre service; enfin, l'homme qui nous retrace l'ancienne vertu romaine, plus qu'aucun autre qui respire l'air d'Italie.

PORTIA.--Combien doit-il au Juif?

BASSANIO.--Il doit pour moi trois mille ducats.

PORTIA.--Quoi! pas davantage? Donnez lui en six mille, et annulez le billet. Doublez les six mille, triplez-les, plutôt qu'un ami de cette sorte perde un cheveu par la faute de Bassanio. Venez d'abord à l'église, nommez-moi votre épouse, et partez pour aller à Venise trouver votre ami; car vous ne reposerez point aux côtés de Portia avec une âme inquiète. Je vous donnerai assez d'or pour payer vingt fois cette petite dette. Quand elle sera acquittée, amenez avec vous votre fidèle ami. Cependant, Nérissa ma suivante et moi, nous vivrons comme des filles et des veuves. Allons, venez; car vous allez partir le jour même de vos noces. Traitez bien vos amis, montrez leur une mine joyeuse: puisque je vous ai acheté cher, je vous aimerai chèrement.--Mais voyons la lettre de votre ami.

BASSANIO *lit*.--«Mon cher Bassanio, tous mes vaisseaux se sont perdus: mes créanciers deviennent cruels; ma fortune est réduite à bien peu de chose. J'ai encouru la peine portée dans l'obligation faite au Juif: et puisque en remplissant cette clause il est impossible que je vive, toutes vos dettes envers moi seront acquittées si je puis vous voir avant ma mort. Cependant faites ce que vous voudrez: si ce n'est pas votre amitié qui vous engage à venir, que ce ne soit pas ma lettre.»

PORTIA.--O mon amour, terminez promptement toute affaire; partez.

BASSANIO.--Puisque vous me donnez la permission de m'éloigner, je vais me hâter. Mais jusqu'à mon retour aucun lit n'aura à se reprocher de me retenir, aucun repos ne viendra se placer entre vous et moi.

(Ils sortent.)

SCÈNE III

À Venise.--Une rue.

Entrent SHYLOCK, ANTONIO, SALARINO, UN GEÔLIER.

SHYLOCK.--Geôlier, veillez sur lui. Ne me parlez pas de pitié. Le voilà cet imbécile qui prêtait de l'argent gratis.--Geôlier, veillez sur lui.

ANTONIO.--Encore un mot, Shylock.

SHYLOCK.--Je veux qu'on satisfasse à mon billet; ne me parle pas contre mon billet. J'ai juré que mon billet serait acquitté.--Tu m'as appelé chien sans en avoir aucun sujet; mais puisque je suis un chien, prends garde à mes crocs. Le duc me fera justice.--Je m'étonne, coquin de geôlier, que tu aies la faiblesse de sortir avec lui à sa sollicitation.

ANTONIO.--Je te prie, laisse-moi te parler.

SHYLOCK.--J'aurai mon billet: je ne veux point t'entendre; j'aurai mon billet. Ne me parle pas davantage: on ne fera pas de moi un imbécile au coeur tendre, aux yeux piteux, capable de secouer la tête, de se relâcher et de céder en soupirant aux instances des chrétiens. Ne me suis pas: je ne veux point t'entendre; je veux l'acquit de mon billet.

(Il sort.)

SALARINO.--C'est le mâtin le plus inflexible qui ait jamais vécu parmi les hommes.

ANTONIO.--Laissons-le; je ne le poursuivrai plus de prières inutiles: il veut avoir ma vie; j'en sais bien la raison. J'ai souvent arraché à ses poursuites plusieurs de ses débiteurs insolvables qui sont venus implorer mon secours; voilà pourquoi il me hait.

SALARINO.--Non, j'en suis sûr, le duc ne souffrira jamais qu'un pareil engagement ait son effet.

ANTONIO.--Le duc ne peut refuser de suivre la loi: retrancher aux étrangers les sûretés dont ils jouissent à Venise serait une injustice contre l'État; car la richesse de son commerce est fondée sur l'abord de toutes les nations. Ainsi donc, allons; mes chagrins et mes pertes m'ont tellement abattu, qu'à peine pourrai-je conserver jusqu'à demain une livre de chair pour mon sanguinaire créancier. À la bonne heure; venez, geôlier.--Je prie Dieu que Bassanio vienne me voir acquitter sa dette, et je suis content.

(Ils sortent.)

SCÈNE IV

À Belmont.--Une pièce dans la maison de Portia.

Entrent PORTIA, NÉRISSA, LORENZO, JESSICA, BALTHASAR.

LORENZO.--Permettez-moi, madame, de le dire en votre présence, vous vous êtes formé une noble et juste idée de la divine amitié. Elle se montre puissamment dans la manière dont vous supportez l'absence de votre époux; mais si vous connaissiez celui à qui vous témoignez ces égards, à quel véritablement galant homme vous envoyez secours, combien il aime votre mari, je suis sûr que vous seriez plus fière de votre ouvrage, qu'un bienfait ordinaire ne saurait vous forcer de l'être.

PORTIA.--Je ne me suis jamais repentie d'avoir fait ce qui était bien, et je ne m'en repentirai pas aujourd'hui. Entre deux compagnons qui vivent et passent leurs jours ensemble, dont les âmes portent également le joug de l'affliction, il faut nécessairement qu'il se trouve un rapport parfait de caractères, de moeurs et de sentiments. C'est ce qui me fait penser que cet Antonio, étant l'ami de coeur de mon époux, doit ressembler à mon époux. S'il est ainsi, il m'en coûte bien peu de chose pour arracher l'image de mon âme à l'état où l'a réduite une cruauté infernale. Mais ceci en reviendrait trop à me louer moi-même; ainsi n'en parlons plus. Écoutez autre chose. Lorenzo, je remets en vos mains le soin et la conduite de ma maison jusqu'au retour de mon époux. Quant à moi, j'ai fait secrètement voeu au ciel de vivre dans la prière et la contemplation, accompagnée de la seule Nérissa, jusqu'au retour de son mari et de mon seigneur. Il y a un monastère à deux milles d'ici; c'est là que nous passerons le temps de leur absence. Je vous prie de ne pas refuser la charge que mon amitié et la nécessité vous imposent.

LORENZO.--Madame, je la reçois de bon coeur. J'obéirai toujours à vos honorables commandements.

PORTIA.--Mes gens connaissent déjà ma volonté; ils vous obéiront à vous et à Jessica, comme au seigneur Bassanio et à moi-même. Adieu, portez-vous bien, jusqu'au moment qui nous réunira.

LORENZO.--Puissiez-vous n'avoir que des pensées agréables et des moments heureux!

JESSICA.--Je vous souhaite, madame, toute satisfaction du coeur.

PORTIA.--Je vous remercie de vos voeux, et c'est avec plaisir que j'en fais de pareils pour vous. Adieu, Jessica. (*Lorenzo et Jessica sortent.*) Balthasar, je t'ai toujours trouvé honnête et fidèle; que je te retrouve toujours de même. Prends cette lettre, et fais tous tes efforts pour arriver à Padoue le plus tôt possible: remets-la en main propre au docteur Bellario, mon cousin; et fais bien attention, prends les habillements et les papiers qu'il te donnera, et porte-les, je t'en prie, avec toute la célérité imaginable, au lieu où l'on passe la barque pour aller à Venise. Ne perds point de temps en discours; pars, je m'y trouverai avant toi.

BALTHASAR.--Madame, je ferai toute la diligence possible.

PORTIA.--Écoute, Nérissa: j'ai des projets que tu ne connais pas encore. Nous reverrons nos maris plus tôt qu'ils ne s'y attendent.

NÉRISSA.--Nous verront-ils?

PORTIA.--Oui, Nérissa; mais sous des habits qui leur feront penser que nous sommes pourvues de ce qui nous manque. Je gage tout ce que tu voudras que, quand nous serons toutes deux équipées en jeunes gens, je suis le plus joli garçon des deux, et que ce sera moi qui porterai ma dague de meilleure grâce, qui saurai le mieux prendre cette voix flûtée qui marque le passage de l'enfance à l'âge d'homme, et changer de petits pas mignards en une démarche virile, et parler batailles comme un jeune fanfaron, et dire maints jolis mensonges, et comme quoi j'ai été requis d'amour par des femmes d'un rang distingué, que mes refus ont rendues malades et fait mourir de douleur. Je ne pouvais pas satisfaire à toutes. Puis je m'en repentirai, et je regretterai d'avoir causé leur trépas.--J'aurai ainsi une vingtaine de petits mensonges, à faire jurer que je suis sorti des écoles depuis plus d'un an.--J'ai dans l'esprit un millier des jeunes gentillesses de ces petits fanfarons, dont je veux faire usage.

NÉRISSA.--Quoi, deviendrons-nous donc des hommes?

PORTIA.--Fi donc! Quelle question si tu la faisais à quelqu'un capable de l'interpréter dans un mauvais sens! Mais viens, je te dirai tout mon projet quand nous serons dans ma voiture, qui nous attend à la porte du parc. Dépêchons-nous, car il faut que nous fassions vingt milles aujourd'hui.

(Elles sortent.)

SCÈNE V

Toujours à Belmont.

Entrent LANCELOT ET JESSICA.

LANCELOT.--Oui, en vérité,--car, voyez-vous, les péchés du père retombent sur les enfants: aussi, je vous assure que j'ai peur pour vous. J'ai toujours été tout bonnement avec vous; ainsi je vous dis comme cela toutes les pensées qui me viennent là-dessus: ainsi tenez-vous en joie; car, pour parler vrai, je crois que vous êtes damnée. Il ne reste qu'une seule espérance, qui peut encore vous sauver; mais, pas moins, ce n'est qu'une espèce d'espérance bâtarde.

JESSICA.--Et quelle sorte d'espérance, je te prie?

LANCELOT.--Eh! vraiment, vous pourriez espérer un peu que ce n'est pas votre père qui vous a engendrée, que vous n'êtes pas la fille du Juif.

JESSICA.--C'est là, en effet, une sorte d'espérance bâtarde; mais alors ce seraient les péchés de ma mère qui retomberaient sur moi.

LANCELOT.--Alors, ma foi, j'ai grand'peur que vous ne soyez damnée de père et de mère; ainsi en voulant éviter Scylla votre père, je tombe en Charybde votre mère. Allons, vous êtes perdue des deux côtés.

JESSICA.--Je serai sauvée par mon mari, qui m'a faite chrétienne.

LANCELOT.--Vraiment, il n'en est que plus blâmable; nous étions déjà bien assez de chrétiens; tout autant qu'il en fallait pour pouvoir bien vivre les uns avec les autres. Cette fureur de faire des chrétiens haussera le prix des porcs; si nous nous mettons tous à manger du porc, nous ne pourrons bientôt plus avoir une grillade sur les charbons pour notre argent.

(Entre Lorenzo.)

JESSICA.--Lancelot, je vais conter à mon mari ce que vous me dites; le voilà qui vient.

LORENZO.--Savez-vous, Lancelot, que je deviendrai bientôt jaloux de vous si vous attirez ainsi ma femme dans des coins?

JESSICA.--Oh! vous n'avez pas lieu de vous alarmer, Lorenzo. Lancelot et moi nous ne sommes pas bien ensemble. Il me dit tout net qu'il n'y a point de merci pour moi dans le ciel, parce que je suis la fille d'un Juif; et il dit aussi que vous n'êtes pas un bon membre de la communauté, car, en convertissant les Juifs en chrétiens, vous faites augmenter le prix du porc.

LORENZO.--Je me justifierai mieux de cela envers la communauté que vous ne pourrez vous justifier, vous, d'avoir grossi le ventre de la négresse: la Mauresse est enceinte de vos oeuvres, Lancelot.

LANCELOT.--C'est beaucoup que la Mauresse soit plus grosse que de raison, mais si elle est moins qu'une honnête femme, en vérité, elle est plus encore que je ne le croyais[13].

Note 13: (retour) It is much, that the moor should be more than reason: but if she be less than an honest woman, she is indeed more than I took her for.

LORENZO.--Comme il est aisé à tous les sots de jouer sur les mots! Je crois, d'honneur, que bientôt le rôle qui siéra le mieux à l'esprit sera le silence, et que la parole ne sera plus qu'aux perroquets. Allons, rentrez, et dites-leur de se préparer pour le dîner.

LANCELOT.--Cela est fait, monsieur; ils ont tous des estomacs.

LORENZO.--Bon Dieu! quel moulin à quolibets vous êtes! Allons, dites-leur de préparer le dîner.

LANCELOT.--Cela est fait aussi, monsieur, mais seulement couvrir est le mot[14].

Note 14: (retour) *Cover*, couvrir la table, et ensuite *cover*, se couvrir.

LORENZO.--Eh bien! voulez-vous couvrir?

LANCELOT.--Non pas, monsieur; je connais mon devoir.

LORENZO.--Encore la guerre aux mots! Veux-tu donc montrer toute la richesse de ton esprit en un instant? Je t'en prie, entends tout uniment un homme qui parle tout uniment. Va trouver tes camarades: dis-leur de couvrir la table, de servir les plats, et nous allons entrer pour dîner.

LANCELOT.--Pour la table, monsieur, elle sera servie; pour les plats, monsieur, ils seront couverts; quant à votre entrée pour venir dîner, qu'elle soit selon votre idée et votre fantaisie.

(Il sort.)

LORENZO.--Béni soit le jugement! comme ses mots s'accordent! Le sot a entassé dans sa mémoire une armée de bons termes; et j'en connais bien d'autres d'une condition plus relevée qui sont farcis de mots comme lui, et à qui il ne faut qu'une expression plaisante pour rompre un entretien.--Eh bien! Jessica, comment va la joie? Et dis-moi, ma chère, dis-moi ton opinion: comment goûtes-tu l'épouse de Bassanio?

JESSICA.--Au delà de toute expression. Il est bien convenable que le seigneur Bassanio mène une vie régulière; car, ayant le bonheur de posséder une pareille épouse, il goûte ici-bas les félicités du ciel; et s'il n'était pas capable de les sentir ici sur la terre, il serait bien juste qu'il n'allât jamais dans le ciel. Oui, si deux divinités faisaient quelque gageure céleste, et que pour enjeu ils missent deux femmes de ce monde, et que Portia en fût une, il faudrait absolument ajouter quelque chose à l'autre: car ce pauvre et grossier univers n'a pas sa pareille.

LORENZO.--Eh bien! tu as en moi un époux pareil à ce qu'elle est comme épouse.

JESSICA.--Oui! demande-moi donc aussi mon sentiment sur ce point.

LORENZO.--C'est ce que je ferai incessamment: mais d'abord allons dîner.

JESSICA.--Pas du tout, laissez-moi faire votre panégyrique, tandis que je suis en appétit.

LORENZO.--Non, je t'en prie; réserve-le pour propos de table: une fois là, quoi que tu puisses dire, je le digérerai avec le reste.

JESSICA.--C'est bien, je vais vous en servir.

(Ils sortent.)

FIN DU TROISIÈME ACTE.

ACTE QUATRIÈME

SCÈNE I

A Venise.--Un tribunal.

Entrent LE DUC, LES MAGNIFIQUES, ANTONIO, BASSANIO, GRATIANO,
SALARINO, SALANIO *et autres personnages.*

LE DUC.--Antonio est-il ici?

ANTONIO.--Prêt à paraître, dès qu'il plaira à Votre Altesse.

LE DUC.--J'en suis fâché pour toi. Tu as affaire à un adversaire dur comme la pierre, à un misérable tout à fait inhumain et incapable de pitié, et dont le coeur n'a pas un grain de sensibilité.

ANTONIO.--Je sais que Votre Grâce a pris beaucoup de peine pour tâcher de modérer la rigueur de ses poursuites. Mais puisqu'il reste inexorable, et qu'il n'est aucun moyen légal de me soustraire à sa haine, j'oppose ma patience à sa fureur. Je suis armé de courage pour souffrir avec une âme tranquille la cruauté et la rage de la sienne.

LE DUC.--Allez et faites entrer le Juif dans la chambre.

SALANIO.--Il est à la porte, seigneur; il entre.

(Entre Shylock.)

LE DUC.--Faites place: qu'il paraisse devant nous.--Shylock, tout le monde pense, et je le pense aussi, que tu ne feras que conduire cette invention de ta méchanceté jusqu'à son dernier période, et qu'alors, c'est ainsi du moins qu'on en juge, tu voudras déployer une clémence et une pitié plus extraordinaires encore que l'extraordinaire cruauté que tu sembles montrer; qu'au lieu d'exiger la condition du billet (qui est une livre de chair de ce pauvre marchand), tu ne te contenteras pas seulement de te désister de tes prétentions à cet égard; mais encore que, touché de sentiments de douceur et d'humanité, tu lui remettras la moitié de sa dette, et que tu jetteras un oeil de pitié sur les pertes accumulées qui sont venues fondre sur lui en assez grand nombre pour écraser un marchand roi, et pour attendrir sur son sort des coeurs d'airain et les sauvages âmes de pierre des Turcs inflexibles et des Tartares, qui ne connurent jamais les devoirs de la douce courtoisie. Nous attendons de toi une réponse favorable, Juif.

SHYLOCK.--J'ai communiqué mes résolutions à Votre Grâce: j'ai juré, par le saint jour du sabbat, d'exiger mon dû et l'accomplissement de l'obligation.

Si vous me refusez, puissent les suites de cette infraction retomber sur votre constitution et les libertés de votre ville! Vous me demanderez pourquoi j'aime mieux prendre une livre de chair morte que de recevoir trois mille ducats? À cela je n'ai point d'autre réponse, sinon que c'est mon idée. N'est-ce pas là répondre? Eh bien! si un rat fait du dégât dans ma maison, ne suis-je pas le maître de donner dix mille ducats pour le faire empoisonner? Vous ne trouvez pas encore cette réponse suffisante? Il y a des gens qui n'aiment pas à voir sur cette table un cochon de lait la gueule béante; quelques-uns, qui deviennent furieux quand ils y voient un chat; et d'autres, au nasillement de la cornemuse, ne peuvent retenir leur urine: car notre disposition, maîtresse de nos passions, influe souverainement sur les goûts et les dégoûts de l'homme. J'en viens à ma réponse. De même qu'il n'y a point de raison pourquoi l'un ne saurait supporter la vue d'un cochon la gueule béante, l'autre celle d'un chat, animal innocent et nécessaire, et l'autre le son de la cornemuse; mais qu'ils sont tous forcés de céder à cette faiblesse inévitable, d'offenser quand ils sont offensés: de même je ne peux ni ne veux donner d'autre raison de la poursuite d'un procès si préjudiciable pour moi, qu'une haine intime, une certaine aversion que je sens contre Antonio. Êtes-vous content de ma réponse?

BASSANIO.--Ce n'est pas là une réponse, homme insensible, qui soit capable d'excuser l'obstination de ta cruauté.

SHYLOCK.--Je ne me suis pas engagé à te donner une réponse qui te plût.

BASSANIO.--Tous les hommes cherchent-ils à tuer ce qu'ils n'aiment pas?

SHYLOCK.--Un homme hait-il ce qu'il n'a pas envie de tuer?

BASSANIO.--Toute offense n'engendre pas d'abord la haine.

SHYLOCK.--Comment! voudrais-tu qu'un serpent te piquât deux fois?

ANTONIO.--Faites attention, je vous prie, à ce que c'est que de raisonner avec ce Juif. Vous pourriez aussi bien vous tenir sur le rivage à prier la mer d'abaisser la hauteur de ses marées ordinaires; vous pourriez aussi bien demander au loup pourquoi il a fait bêler la brebis après son agneau; vous pourriez aussi bien demander aux pins des montagnes de ne pas secouer leurs cimes avec bruit, quand ils sont battus par la tempête du ciel. Vous viendriez aussi facilement à bout des plus rudes entreprises, que d'amollir (car qu'y a-t-il de plus rude?) son coeur de Juif. Cessez de lui faire des offres, je vous en conjure; ne tentez plus aucun moyen; mais laissez-moi promptement et simplement, comme il convient, recevoir mon jugement, et le Juif ce qu'il désire.

BASSANIO.--Au lieu de trois mille ducats en voilà six mille.

SHYLOCK.--Chacun de ces six mille ducats fût-il divisé en six parties, et chaque partie fût-elle un ducat, je ne les prendrais pas; je veux qu'on accomplisse les termes du billet.

LE DUC.--Comment espéreras-tu miséricorde, si tu ne fais pas miséricorde?

SHYLOCK.--Quel jugement ai-je à redouter, puisque je ne fais point de mal? Vous avez chez vous un grand nombre d'esclaves, que comme vos ânes, vos chiens et vos mulets, vous employez aux travaux les plus abjects et les plus vils, parce que vous les avez achetés. Irai-je vous dire: rendez-leur la liberté, faites, faites-leur épouser vos héritières? Pourquoi suent-ils sous des fardeaux? Donnez-leur des lits aussi doux que les vôtres. Que leur palais soit flatté par les mêmes mets que le vôtre. Vous me répondez: ces esclaves sont à nous. Je vous réponds de même: la livre de chair que j'exige de lui m'appartient: je l'ai chèrement payée, et je la veux. Si vous me refusez, honte à vos lois! Il n'y a plus aucune force dans les décrets du sénat de Venise.-- J'attends que vous me rendiez justice. Parlez: l'aurai-je?

LE DUC.--Mon pouvoir m'autorise à renvoyer l'assemblée, jusqu'à ce que Bellario, savant jurisconsulte, que j'ai mandé ici aujourd'hui pour résoudre cette question, soit arrivé.

SALANIO.--Seigneur, il y a là à la porte un exprès nouvellement arrivé de Padoue, avec des lettres du docteur Bellario.

LE DUC.--Apportez-nous ces lettres, faites entrer le messager.

BASSANIO.--Espère, Antonio. Allons, reprends courage; le Juif aura ma chair, mon sang et mes os, et tout, avant que tu perdes pour moi une seule goutte de ton sang.

ANTONIO.--Je suis le bouc émissaire du troupeau, le plus propre à mourir. Le fruit le plus faible tombe le premier: laissez-moi tomber de même.--Vous n'avez rien de mieux à faire, Bassanio, que de vivre et de composer mon épitaphe.

(Entre Nérissa déguisée en clerc d'avocat.)

LE DUC.--Venez-vous de Padoue, et de la part de Bellario?

NÉRISSA.--Vous l'avez dit, seigneur: Bellario salue Votre Seigneurie.

(Elle lui présente une lettre.)

BASSANIO.--Pourquoi aiguiser ton couteau avec tant d'application?

SHYLOCK.--Pour couper ce qui me revient de ce banqueroutier.

GRATIANO.--O dur Juif, ce n'est pas sur le cuir de ton soulier; c'est bien plutôt sur ton coeur que tu en affiles le tranchant; il n'est point de métal, pas même la hache du bourreau, qui ait à moitié l'âpreté de ta jalouse haine. N'est-il pas une prière capable de te toucher?

SHYLOCK.--Non, pas une seule que tu puisses avoir assez d'esprit pour imaginer.

GRATIANO.--Puisses-tu être damné dans les enfers; chien inexorable! Puisse-t-on faire un crime à la justice de te laisser la vie! Tu m'as presque fait chanceler dans ma foi: j'ai été tenté d'embrasser l'opinion de Pythagore et de croire avec lui que les âmes des animaux passent dans des corps humains. Ton âme canine animait un loup pendu pour meurtre d'homme; et son odieux esprit échappé du gibet, lorsque tu étais dans le ventre de ta profane mère, entra dans ton corps. Tes désirs sont ceux d'un loup sanguinaire, affamé et furieux.

SHYLOCK.--Tant que tu n'effaceras pas la signature de ce billet, tu n'offenseras que tes poumons à parler si haut. Remets ton esprit dans son assiette, jeune homme, ou tu vas le perdre sans ressources. J'attends ici justice.

LE DUC.--La lettre de Bellario recommande à la cour un jeune et savant docteur. Où est-il?

NÉRISSA.--Ici près, qui attend votre réponse, pour savoir si vous voulez le recevoir.

LE DUC.--De tout mon coeur. Allez le chercher, trois ou quatre d'entre vous, pour le conduire ici avec civilité. Je vais en attendant faire part à la cour de la lettre de Bellario. (*Il lit.*) «Votre Altesse saura qu'à la réception de sa lettre je me suis trouvé très malade. Mais au même moment que votre exprès est arrivé, un jeune docteur de Rome, nommé Balthasar, m'était venu rendre une visite d'amitié. Je l'ai informé des particularités du procès pendant entre le Juif et le marchand Antonio. Nous avons feuilleté ensemble beaucoup de livres. Il est muni de mon avis qu'il vous apporte perfectionné par son savoir, dont je ne saurais trop louer l'étendue, pour satisfaire à ma place, comme je l'en ai pressé, à la demande de Votre Grâce. Que les années qui lui manquent ne le privent pas, je vous prie, de la haute estime qui lui est due; car je ne vis jamais un corps si jeune avec une tête si mûre. Je le recommande à votre gracieux accueil. C'est à l'essai que se fera le mieux connaître son mérite.» Vous entendez ce que m'écrit Bellario. Mais voici, je crois, le docteur. (*Entre Portia vêtue en homme de loi.*) Donnez-moi votre main. Venez-vous de la part du vieux Bellario?

PORTIA.--Oui, seigneur.

LE DUC.--Soyez le bienvenu. Prenez votre place. Êtes-vous instruit de la question qui occupe aujourd'hui la cour?

PORTIA.--Je connais la cause de point en point. Quel est ici le marchand, et quel est le Juif?

LE DUC.--Antonio et le vieux Shylock. Approchez tous deux.

PORTIA.--Vous nommez-vous Shylock?

SHYLOCK.--Je me nomme Shylock.

PORTIA.--Le procès que vous avez intenté est d'étrange nature. Cependant vous êtes tellement en règle que les lois de Venise ne peuvent vous empêcher de le suivre. (*A Antonio.*) Vous courez risque d'être sa victime; n'est-il pas vrai?

ANTONIO.--Oui, il le dit.

PORTIA.--Reconnaissez-vous le billet?

ANTONIO.--Je le reconnais.

PORTIA.--Il faut donc que le Juif se montre miséricordieux.

SHYLOCK.--Qui pourrait m'y forcer, dites-moi?

PORTIA.--Le caractère de la clémence est de n'être point forcée. Elle tombe, comme la douce pluie du ciel sur le lieu placé au-dessous d'elle. Deux fois bénie, elle est bonne à celui qui donne et à celui qui reçoit. C'est la plus haute puissance du plus puissant. Elle sied au monarque sur le trône mieux que sa couronne. Son sceptre montre la force de son autorité temporelle; c'est l'attribut du pouvoir qu'on révère et de la majesté; mais la clémence est au-dessus de la domination du sceptre; elle a son trône dans le coeur des rois. C'est un des attributs de Dieu lui-même, et les puissances de la terre se rapprochent d'autant plus de Dieu, qu'elles savent mieux mêler la clémence à la justice. Ainsi, Juif, quoique la justice soit l'argument que tu fais valoir, fais cette réflexion, qu'en ne suivant que la justice, nul de nous ne pourrait espérer de salut: nous prions pour obtenir miséricorde; et cette prière nous enseigne à tous en même temps à pratiquer la miséricorde. Je me suis étendu sur ce sujet, dans le dessein de tempérer la rigueur de tes poursuites, qui, si tu les continues, forceront le tribunal de Venise à rendre d'après la loi un arrêt contre ce marchand.

SHYLOCK.--Que mes actions retombent sur ma tête! Je réclame la loi. Je veux qu'on remplisse les clauses de mon billet.

PORTIA.--N'est-il pas en état de te rendre cet argent?

BASSANIO.--Oui; je le lui offre ici, aux yeux de la cour, et même le double de la somme. Si ce n'est pas assez, je m'oblige à lui payer dix fois la somme, sous peine de perdre mes mains, ma tête et mon coeur. Si cela ne peut le satisfaire, il sera manifeste que c'est la méchanceté qui opprime l'innocence.

Je vous en conjure donc, faites une fois plier la loi sous votre autorité. Permettez-vous une légère injustice pour faire une grande justice et forcer la volonté de ce cruel démon.

PORTIA.--Cela ne doit pas être; il n'est point d'autorité à Venise qui puisse changer un décret établi. Cela deviendrait un précédent, et on se prévaudrait de cet exemple pour introduire mille abus dans l'État. Cela ne se peut pas.

SHYLOCK.--C'est un Daniel venu pour nous juger! Oui, un Daniel! O jeune et sage juge, combien je t'honore!

PORTIA.--Laissez-moi voir le billet, je vous prie.

SHYLOCK.--Le voilà, révérendissime docteur; le voilà.

PORTIA.--Shylock, on t'offre le triple de la somme.

SHYLOCK.--Un serment, un serment! J'ai un serment dans le ciel; me mettrai-je un parjure sur la conscience? Non; pas pour tout Venise.

PORTIA.--Le délai fatal est expiré, et le Juif est en droit d'exiger une livre de chair coupée tout près du coeur du marchand. Sois miséricordieux, prends le triple de la somme, et dis-moi de déchirer le billet.

SHYLOCK.--Quand il sera payé suivant sa teneur. Il paraît que vous êtes un digne juge: vous connaissez la loi, vous avez très judicieusement exposé le cas; je vous somme, au nom de cette loi, dont vous êtes une des estimables colonnes, de procéder au jugement. Je jure sur mon âme que langue d'homme ne parviendra jamais à me faire changer. Je m'en tiens à mon billet.

ANTONIO.--Je supplie instamment la cour de rendre son jugement.

PORTIA.--Eh bien! puisqu'il en est ainsi, il faut préparer votre sein à recevoir son couteau.

SHYLOCK.--O noble juge! l'excellent jeune homme!

PORTIA.--L'intention et l'objet de la loi sont complétement d'accord avec la clause pénale qui, d'après le billet, doit être accomplie.

SHYLOCK.--Cela est juste. Oh! le bon et sage juge! Que tu es bien plus vieux que tu ne le parais!

PORTIA, à Antonio.--Ainsi, découvrez votre sein.

SHYLOCK.--Oui, son sein: le billet le dit. N'est-il pas vrai, noble juge? tout près de son coeur; ce sont les propres mots.

PORTIA.--Oui. Avez-vous ici des balances pour peser la chair?

SHYLOCK.--J'en ai de toutes prêtes.

PORTIA.--Shylock, il faut avoir auprès de lui quelque chirurgien à vos frais pour bander sa plaie, de peur qu'il ne perde son sang jusqu'à mourir.

SHYLOCK.--Cela est-il spécifié dans le billet?

PORTIA.--Non, cela n'y est pas exprimé; mais qu'importe? il serait bien que vous le fissiez par charité.

SHYLOCK.--Je ne le pense pas ainsi! Cela n'est pas dans le billet.

PORTIA.--Approchez, marchand, avez-vous quelque chose à dire?

ANTONIO.--Peu de chose.--Je suis armé de courage et bien préparé. Donnez-moi votre main, Bassanio. Adieu, ne vous affligez point du malheur où je suis tombé pour vous; car en ceci la fortune se montre plus indulgente qu'à son ordinaire. Elle a toujours coutume de laisser les malheureux survivre à leurs biens, et contempler avec des yeux caves, et un front chargé de rides, une vieillesse accablée sous la pauvreté. Elle me délivre des pénibles langueurs d'une pareille misère.--Parlez de moi à votre noble épouse; racontez-lui comment est arrivée la mort d'Antonio; dites lui combien je vous aimais; parlez bien de ma mort, et, votre récit fini, qu'elle juge si Bassanio fut aimé. Ne vous repentez point de la cause qui vous fait perdre votre ami; comme il ne se repent point de satisfaire à votre dette; car si le Juif enfonce son couteau autant que je le désire, je vais la payer de tout mon coeur.

BASSANIO.--Antonio, j'ai épousé une femme qui m'est aussi chère que la vie: mais ma vie, ma femme et l'univers entier ne me sont pas plus précieux que vos jours. Je consentirais à tout perdre, oui, à tout sacrifier à ce démon pour vous délivrer.

PORTIA.--Si votre femme était là pour vous entendre, elle vous remercierait assez peu de cette offre.

GRATIANO.--J'aime une femme que j'aime, je vous le proteste. Je voudrais qu'elle fût dans le ciel si elle y pouvait obtenir les moyens de changer le coeur de ce mâtin de Juif!

NÉRISSA.--Vous faites bien de dire cela en arrière d'elle, sans quoi votre voeu pourrait troubler la paix du ménage.

SHYLOCK, à part.--Voilà nos époux chrétiens. J'ai une fille; j'aurais mieux aimé qu'elle prît pour mari un rejeton de la race de Barrabas, qu'un chrétien. (Haut.) Nous perdons le temps en bagatelles. Je te prie, fais exécuter la sentence.

PORTIA.--Une livre de chair de ce marchand t'appartient: la cour te l'adjuge et la loi te la donne.

SHYLOCK.--O juge équitable!

PORTIA.--Et vous devez couper cette chair sur son sein: la loi le permet et la cour vous l'accorde.

SHYLOCK.--Le savant juge! Voilà une sentence!--Allons, préparez-vous.

PORTIA.--Arrête un instant. Ce n'est pas tout. Le billet ne t'accorde pas une goutte de sang: les termes sont exprès; une livre de chair. Prends ce qui t'est dû; prends ta livre de chair. Mais si, en la coupant, tu verses une seule goutte de sang chrétien, les lois de Venise ordonnent la confiscation de tes terres et de tes biens au profit de la république.

GRATIANO.--O le juge équitable! Vois, Juif, le savant juge!

SHYLOCK.--Est-ce là la loi?

PORTIA.--Tu en verras le texte; et, puisque tu veux absolument qu'on te fasse justice, sois certain qu'on te la feras plus que tu ne voudras.

GRATIANO.--O le savant juge! Regarde donc, Juif! le savant juge!

SHYLOCK.--En ce cas-là, j'accepte son offre. Qu'on me compte trois fois le montant de l'obligation, et qu'on relâche le chrétien.

BASSANIO.--Voici ton argent.

PORTIA.--Doucement: on rendra pleine justice au Juif. Doucement: ne vous pressez pas; il n'aura pas autre chose que ce que porte le billet.

GRATIANO.--O Juif! Un juge équitable, un savant juge!

PORTIA.--Ainsi prépare-toi à couper la chair. Ne verse point de sang; ne coupe ni plus ni moins, mais tout juste une livre de chair. Si tu coupes plus ou moins d'une livre précise, quand ce ne serait que la vingtième partie d'un misérable grain; bien plus, si la balance penche de la valeur d'un cheveu, tu es mort, et tous tes biens sont confisqués.

GRATIANO.--Un second Daniel, un Daniel, Juif. Infidèle, te voilà pris maintenant.

PORTIA.--Pourquoi le Juif balance-t-il? Prends ce qui te revient.

SHYLOCK.--Donnez-moi mon principal, et laissez-moi aller.

BASSANIO.--Le voici tout prêt: tiens.

PORTIA.--Il l'a refusé en présence de la cour; il n'obtiendra que simple justice et ce que porte son billet.

GRATIANO.--Un Daniel, te dis-je, un second Daniel! Je te remercie, Juif, de m'avoir appris ce mot.

SHYLOCK.--N'aurai-je pas mon principal pur et simple?

PORTIA.--Tu n'auras rien que ce que porte l'obligation, Juif; tu peux le prendre à tes risques et périls.

SHYLOCK.--Eh bien! que le diable lui en donne l'acquit, je ne resterai pas plus longtemps ici à disputer.

PORTIA.--Arrêtez, Juif, la justice a d'autres droits sur vous. Il est porté dans les lois de Venise, que lorsqu'il sera prouvé qu'un étranger aura attenté, par des voies directes ou indirectes, à la vie d'un citoyen, la moitié de ses biens sera saisie au profit de celui contre qui il aura tramé quelque entreprise, que l'autre moitié entrera dans les coffres particuliers de l'État; enfin, que le duc seul peut lui faire grâce de la mort à laquelle tous les autres juges devront le condamner: je déclare que tu te trouves dans le cas. Il est notoire que tu as travaillé indirectement et même directement à faire périr le défendeur. Ainsi tu as encouru les peines que je viens de mentionner: à genoux donc, et implore la clémence du duc.

GRATIANO.--Demande qu'il te soit permis de te pendre toi-même. Cependant, comme tes biens appartiennent à la république, tu n'as pas de quoi t'acheter une corde; il faut que tu sois pendu aux frais de l'État.

LE DUC.--Afin que tu voies la différence de l'esprit qui nous anime, je te fais grâce de la vie sans que tu me la demandes. Quant à la moitié de tes biens, elle appartient à Antonio, l'autre moitié revient à l'État. Mais tu peux, en te soumettant humblement, obtenir qu'on se restreigne à une amende.

PORTIA.--Oui, pour l'État et non pour Antonio.

SHYLOCK.--Eh bien! prenez ma vie et tout, ne me faites grâce de rien. Vous m'ôtez ma famille quand vous m'ôtez les moyens de soutenir ma famille, vous m'ôtez ma vie quand vous m'ôtez les ressources avec quoi je vis.

PORTIA.--Que doit-il attendre de votre pitié, Antonio?

GRATIANO.--Une corde gratis. Rien de plus, au nom de Dieu!

ANTONIO.--Je demanderai à monseigneur le duc et à la cour, qu'on lui laisse la moitié de ses biens sans exiger d'amende. Je serai satisfait s'il me laisse disposer de l'autre moitié, pour la rendre, à sa mort, au gentilhomme qui a enlevé sa fille. Et cela sous deux conditions: la première, c'est qu'en faveur de ce qu'on lui accorde il se fera chrétien sur-le-champ; l'autre, qu'il fera une donation en présence de la cour, par laquelle tout ce qui lui appartient passera, après sa mort, à son gendre Lorenzo et à sa fille.

LE DUC.--Il y souscrira, sinon je révoque le pardon que j'ai accordé.

PORTIA.--Es-tu content, Juif, que réponds-tu?

SHYLOCK.--Je suis content.

PORTIA.--Clerc, dressez un acte de donation.

SHYLOCK.--Je vous en conjure, laissez-moi sortir d'ici. Je ne me sens pas bien. Envoyez l'acte chez moi: je signerai.

LE DUC.--Va-t'en, mais signe.

GRATIANO.--Tu auras deux parrains à ton baptême. Si j'avais été juge, tu en aurais eu dix de plus pour te conduire à la potence, et non pas aux fonts baptismaux.

(Shylock sort.)

LE DUC, *à Portia*.--Monsieur, je vous invite à venir dîner chez moi.

PORTIA.--Je supplie humblement Votre Grâce de m'excuser. Il faut que je me rende ce soir à Padoue, et que je parte sur-le-champ.

LE DUC.--Je suis fâché que vous ne soyez pas de loisir.--Antonio, reconnaissez les peines de monsieur; vous lui avez, à mon gré, de grandes obligations.

(Sortent le duc, les magnifiques et la suite.)

BASSANIO.--Très digne gentilhomme! vous avez arraché aujourd'hui mon ami et moi-même à des peines cruelles. C'est de grand coeur que nous payons vos obligeants services, avec les trois mille ducats qui étaient dus au Juif.

ANTONIO.--Et que de plus nous reconnaîtrons vous devoir à jamais notre attachement et nos services.

PORTIA.--On est payé, quand on est satisfait; je le suis d'avoir réussi à vous délivrer; ainsi donc, je me regarde comme très-bien payé. Mon âme n'a jamais été plus mercenaire que cela. Je vous prie de me reconnaître, quand il nous arrivera de nous rencontrer. Je vous souhaite toute sorte de bonheur et prends congé de vous.

BASSANIO.--Mon cher monsieur, je ne puis m'empêcher de faire encore mes efforts pour que vous acceptiez de nous quelque souvenir à titre de tribut et non de salaire. Accordez-moi deux choses, je vous prie, de ne me pas refuser, et de m'excuser.

PORTIA.--Vous me faites tant d'instances, que j'y cède. Donnez-moi vos gants, je les porterai en mémoire de vous: et, pour marque de votre amitié, je prendrai cette bague.... Ne retirez donc pas votre main, je ne veux rien de plus! Votre amitié ne me la refusera pas.

BASSANIO.--Cette bague, mon bon monsieur! eh! c'est une bagatelle; je rougirais de vous faire un pareil présent.

PORTIA.--Je ne veux rien de plus que cette bague, et maintenant je me sens une grande envie de l'avoir.

BASSANIO.--Elle est pour moi d'une importance bien au-dessus de sa valeur. Je ferai chercher à son de trompe la plus belle bague de Venise, et je vous l'offrirai: pour celle-ci, je ne le puis, excusez-moi, de grâce.

PORTIA.--Je vois, monsieur, que vous êtes libéral en offre. Vous m'avez d'abord appris à demander, et maintenant, à ce qu'il me semble, vous m'apprenez comment on doit répondre à celui qui demande.

BASSANIO.--Mon bon monsieur, je tiens cette bague de ma femme; lorsqu'elle la mit à mon doigt, elle me fit jurer de ne jamais la vendre, ni la donner, ni la perdre.

PORTIA.--Cette excuse sauve aux hommes bien des présents. À moins que votre femme ne soit folle, lorsqu'elle saura combien j'ai mérité cette bague, elle ne se brouillera pas avec vous à tout jamais, pour me l'avoir donnée. C'est bien; la paix soit avec vous!

(Sortent Portia et Nérissa.)

ANTONIO.--Seigneur Bassanio, donnez-lui cette bague. Que ses services et mon amitié l'emportent sur l'ordre de votre femme.

BASSANIO.--Allons. Va, Gratiano, tâche de le joindre. Donne-lui la bague et, s'il se peut, engage-le à venir chez Antonio. Cours, dépêche-toi. (*Gratiano sort.*) Rendons-nous-y de ce pas. Demain de grand matin nous volerons à Belmont. Venez, Antonio.

(Ils sortent.)

SCÈNE II

Toujours à Venise.--Une rue.

Entrent PORTIA et NÉRISSA.

PORTIA.--Demande où est la maison du Juif; donne-lui cet acte à signer. Nous partirons ce soir, et nous arriverons un jour avant nos maris.--Cet acte sera fort bien reçu de Lorenzo.

(Entre Gratiano.)

GRATIANO.--Mon beau monsieur, soyez le bien retrouvé. Le seigneur Bassanio, après de plus amples réflexions, vous envoie cette bague et vous invite à dîner.

PORTIA.--Je ne le puis. J'accepte sa bague; dites-le-lui ainsi de ma part, je vous prie.--Enseignez, de plus, je vous prie, encore à ce jeune homme la demeure du vieux Shylock.

GRATIANO.--Je vais vous l'indiquer.

NÉRISSA.--Monsieur, je voudrais vous dire un mot. (*A Portia.*) Je veux essayer si je pourrai ravoir de mon mari la bague que je lui ai fait jurer de conserver toujours.

PORTIA.--Tu y parviendras, je t'en réponds.--Ils vont nous faire des serments de l'autre monde, qu'ils ont donné leurs bagues à des hommes; mais nous leur tiendrons tête, et leur en donnerons le démenti. Allons, dépêche-toi; tu sais où je t'attends.

NÉRISSA, *à Gratiano.*--Venez, mon bon monsieur. Voulez-vous me montrer cette maison?

(Ils sortent.)

FIN DU QUATRIÈME ACTE.

ACTE CINQUIÈME

SCÈNE I

A Belmont.--Avenue de la maison de Portia.

Entrent LORENZO et JESSICA.

LORENZO.--Que la lune est brillante!--Ce fut dans une nuit semblable, tandis qu'un doux zéphyr caressait légèrement les feuillages sans y exciter le moindre frémissement, que Troïle, si je m'en souviens, escalada les murs de Troie, et adressa les soupirs de son âme vers les tentes des Grecs, où reposait Cressida.

JESSICA.--Ce fut dans une pareille nuit que Thisbé, craintive et foulant d'un pied léger la rosée du gazon, aperçut l'ombre d'un lion avant de le voir lui-même, et s'enfuit éperdue de frayeur.

LORENZO.--Ce fut dans une nuit semblable que Didon, seule sur le rivage d'une mer en furie, une branche de saule à la main, rappela du geste son amant vers Carthage.

JESSICA.--Ce fut dans une semblable nuit que Médée cueillit les plantes enchantées qui rajeunirent le vieux Æson.

LORENZO.--C'est dans une nuit pareille que Jessica s'est évadée de la maison du riche Juif, et, des pas emportés de l'amour, a couru depuis Venise jusqu'à Belmont.

JESSICA.--Et c'est dans une pareille nuit que le jeune Lorenzo lui a juré qu'il l'aimait tendrement, et qu'il a dérobé son coeur par mille serments d'amour, dont aucun n'est sincère.

LORENZO.--Et c'est dans une pareille nuit que la jolie Jessica, comme une petite mauvaise qu'elle est, calomnia son amant qui lui pardonna.

JESSICA.--Je voudrais vous faire passer la nuit en ce lieu, si personne ne devait venir.--Mais écoutez.... j'entends les pas d'un homme.

(Entre un domestique.)

LORENZO.--Qui s'avance là d'un pas si précipité dans le silence de la nuit?

LE DOMESTIQUE.--Ami.

LORENZO.--Un ami? Quel ami? Votre nom, je vous prie, l'ami?

LE DOMESTIQUE.--Stephano est mon nom. Et je viens annoncer que ma maîtresse sera de retour à Belmont avant le point du jour. Elle erre dans les environs, s'agenouillant au pied de toutes les croix sacrées où elle prie Dieu de lui accorder d'heureux jours dans son mariage.

LORENZO.--Qui vient avec elle?

LE DOMESTIQUE.--Personne, qu'un saint ermite, et sa suivante. Dites-moi, je vous prie, mon maître est-il de retour?

LORENZO.--Pas encore; et nous n'en avons pas eu de nouvelles.--Mais entrons, Jessica, je t'en prie, et faisons quelques préparatifs pour recevoir honorablement la maîtresse du logis.

(Entre Lancelot.)

LANCELOT *chantant*.--Sol, la, sol la, ho, ha, sol la, hola, sol la.

LORENZO.--Qui appelle?

LANCELOT.--Sol la. Avez-vous vu M. Lorenzo et madame Lorenzo?

LORENZO.--Cesse tes holà. Par ici.

LANCELOT.--Sol la.--Où? où?

LORENZO.--Ici LANCELOT.--Dis-lui qu'il vient d'arriver un courrier de la part de mon maître, son cornet plein de bonnes nouvelles. Mon maître sera ici avant le matin.

(Il sort.)

LORENZO.--Entrons, ma chère âme, et attendons leur arrivée; et cependant ce n'est pas la peine.... Pourquoi entrerions-nous?--Ami Stephano, annoncez, je vous prie, dans le château, que votre maîtresse est près d'arriver, et amenez ici les musiciens en plein air. (*Le domestique sort.*) Que la clarté de la lune dort doucement sur ce banc de gazon! Nous nous y assiérons et les sons de la musique se glisseront dans notre oreille. Ce doux silence et cette nuit si belle conviennent aux accords d'une gracieuse harmonie. Assieds-toi, Jessica; vois comme la voûte des cieux est incrustée de disques brillants. Parmi tous ces globes que tu vois, il n'y a pas jusqu'au plus petit, dont les mouvements ne produisent une musique angélique en accord avec les concerts des chérubins, à l'oeil plein de jeunesse. Telle est l'harmonie qui se révèle aux âmes immortelles: mais tant que notre âme est enclose dans cette grossière enveloppe d'une argile périssable, nous sommes incapables de l'entendre. (*Entrent les musiciens.*)--Allons, éveillez Diane par un hymne; pénétrez des sons les plus mélodieux l'oreille de votre maîtresse, et entraînez-la vers sa demeure par le charme de la musique.

JESSICA.--Jamais je ne suis gaie quand j'entends une musique agréable.

LORENZO.--La raison en est que vos esprits sont attentifs; car voyez un sauvage et folâtre troupeau, une bande de jeunes étalons qui n'ont point encore senti la main de l'homme, bondissant avec folie, et faisant retentir leurs voix par de bruyants hennissements, effet de l'ardeur de leur sang; si par hasard ils viennent à entendre le son d'une trompette, ou que leurs oreilles soient frappées de quelque mélodie, vous les verrez aussitôt s'arrêter tout court, et leurs yeux farouches prendre un regard adouci, par la douce puissance de la musique. Voilà pourquoi les poëtes ont prétendu qu'Orphée attirait les arbres, les rochers et les fleuves, parce qu'il n'est rien dans la nature de si insensible, de si dur, de si furieux, dont la musique ne change pour quelques instants le caractère; l'homme qui n'a en lui-même aucune musique, et qui n'est pas ému par le doux accord des sons, est propre aux trahisons, aux perfidies, aux rapines; les mouvements de son âme sont mornes comme la nuit, et ses penchants ténébreux comme l'Érèbe; ne vous fiez point à un tel homme.--Écoutons la musique.

(Entrent Portia, Nérissa, à quelque distance.)

PORTIA.--Cette lumière que nous voyons, brûle dans ma salle. Que ce petit flambeau jette loin ses rayons! C'est ainsi qu'une belle action reluit dans un monde corrompu.

NÉRISSA.--Quand la lune brillait, nous n'apercevions pas ce flambeau.

PORTIA.--Ainsi une petite gloire est obscurcie par une plus grande. Le délégué du pouvoir jette autant d'éclat qu'un roi jusqu'à ce que le roi paraisse. Alors sa pompe va se perdre comme un ruisseau dans l'immensité des mers.--De la musique? Écoutons.

NÉRISSA.--Ce sont vos musiciens, madame; cela vient de la maison.

PORTIA.--Je le vois; il n'y a rien de bon que par certains rapprochements. Cette musique me semble beaucoup plus douce que pendant le jour.

NÉRISSA.--Madame, c'est le silence qui lui prête ce charme.

PORTIA.--Le corbeau a d'aussi doux sons que l'alouette, pour qui ne fait pas attention à leur voix; et je crois que si le rossignol chantait pendant le jour au milieu des cris aigus des canards, il ne passerait pas pour meilleur musicien que le roitelet. Combien de choses doivent à l'à-propos les justes éloges qu'elles obtiennent et leur véritable perfection! Silence, paix! la lune dort avec Endymion, et ne voudrait pas être réveillée.

(La musique cesse.)

LORENZO.--C'est la voix de Portia, ou je suis bien trompé.

PORTIA.--Il m'a reconnue, comme l'aveugle reconnaît le coucou, à sa mauvaise voix.

LORENZO.--Ma chère dame, soyez la bienvenue chez vous.

PORTIA.--Nous avons employé le temps à prier Dieu pour nos époux. Nous espérons que c'est avec succès et que nos paroles leur auront été de quelque avantage. Sont-ils de retour?

LORENZO.--Pas encore, madame; mais il vient d'arriver un messager pour les annoncer.

PORTIA.--Entrez, Nérissa; recommandez à mes domestiques de ne point parler du tout de l'absence que nous avons faite. N'en parlez pas non plus, Lorenzo, ni vous, Jessica.

(On entend une fanfare.)

LORENZO.--Votre mari n'est pas loin, j'entends sa trompette.--Nous ne sommes pas des rapporteurs, madame; ne craignez rien.

PORTIA.--Cette nuit ressemble au jour, mais au jour malade; elle est un peu plus pâle que lui. C'est le jour tel qu'il est lorsque le soleil se cache.

(Entrent Bassanio, Antonio, Gratiano et leur suite.)

BASSANIO, *à Portia.*--Nous aurions le jour en même temps que les antipodes, si vous vous promeniez en l'absence du soleil.

PORTIA.--Si j'éclaire, que ce ne soit pas comme l'inconstant éclair[15], car une femme légère rend pesant le pouvoir d'un mari, et puisse n'être jamais ainsi pour moi celui de Bassanio! mais Dieu dispose de tout. Soyez le bienvenu chez vous, seigneur.

Note 15: (retour)

me give light, but let me not be light:

«Que je donne de la lumière (*light*), mais que je ne sois point légère (*light*).» Jeu de mots familier à Shakspeare et aux auteurs de son temps, et qu'il a fallu remplacer par un équivalent pour donner un sens à ce qui suit.

BASSANIO.--Je vous rends grâces, madame. Faites bon accueil à mon ami: c'est Antonio, c'est l'homme à qui j'ai tant d'obligations.

PORTIA.--Vous lui avez dans tous les sens, en effet, de grandes obligations, car, à ce que j'apprends, il en avait contracté pour vous de bien considérables.

ANTONIO.--Aucune qu'il n'ait bien acquittée.

PORTIA.--Seigneur, vous êtes le très-bienvenu dans notre maison. Je veux vous le prouver autrement que par des paroles; c'est pourquoi j'abrège les discours de politesse.

GRATIANO, *à Nérissa, qui lui parlait à part.*--Par cette lune, je vous proteste que vous me faites injure. En honneur, je l'ai donnée au clerc du juge. Quant à moi, mon amour, puisque vous prenez la chose si fort à coeur, je voudrais que celui qui l'a fût eunuque.

PORTIA.--Une querelle! Comment? déjà? De quoi s'agit-il?

GRATIANO.--D'un anneau d'or, d'une méchante bague qu'elle m'a donnée, avec une devise, de par l'univers, de la force de celles que les couteliers mettent sur les couteaux: «Aimez-moi, et ne m'abandonnez pas.»

NÉRISSA.--Que parlez-vous de sa devise ou de sa valeur? Vous m'avez juré, lorsque je vous la donnai, de la garder jusqu'à votre dernière heure, et de l'emporter avec vous dans le tombeau. Quand ce n'eût pas été en ma considération, au moins par respect pour vos ardentes protestations, vous auriez dû la conserver. Il l'a donnée au clerc de l'avocat! Mais je sais bien, moi, que ce clerc qui l'a reçue n'aura jamais de poil au menton.

GRATIANO.--Il en aura, s'il vit, pour devenir homme.

NÉRISSA.--Dites, si une femme vit assez longtemps pour devenir homme.

GRATIANO.--Par cette main, je te jure que je l'ai donnée, à un jeune homme, une espèce d'enfant, un chétif petit garçon pas plus grand que toi, le clerc du juge, un petit jaseur, qui me l'a demandée pour ses peines. En conscience, je ne pouvais pas la refuser.

PORTIA.--Je vous le dirai franchement, vous êtes blâmable de vous être défait aussi légèrement du premier présent de votre femme. Un don attaché sur votre doigt par des serments, et scellé sur votre chair par la foi conjugale! J'ai donné une bague à mon bien-aimé, et je lui ai fait jurer de ne s'en jamais séparer. Le voilà; j'oserais bien répondre pour lui qu'il ne s'en défera jamais, qu'il ne l'ôterait pas de son doigt pour tous les trésors que possède le monde. En vérité, Gratiano, vous donnez à votre femme un trop cruel sujet de chagrin. Si pareille chose m'arrivait, j'en perdrais la raison.

BASSANIO, *à part.*--D'honneur, il vaudrait mieux me couper la main gauche, et dire que j'ai perdu l'anneau à mon corps défendant.

GRATIANO.--Le seigneur Bassanio a donné sa bague à l'avocat qui la lui demandait, et qui, en vérité, la méritait bien. Et alors le petit jeune homme, son clerc, qui avait eu la peine de faire quelques écritures, m'a demandé la mienne; et ni le maître ni le clerc n'ont rien voulu accepter que nos deux bagues.

PORTIA.--Quelle bague avez-vous donnée, seigneur? J'espère que ce n'est pas celle que vous tenez de moi.

BASSANIO.--Si j'étais capable d'ajouter un mensonge à une faute, je nierais le fait. Mais, vous le voyez, mon doigt ne porte plus la bague; je ne l'ai plus.

PORTIA.--Et votre coeur perfide est également dépourvu de foi. Je jure devant le ciel que je n'entrerai pas dans votre lit que je ne revoie ma bague.

NÉRISSA.--Ni moi dans le vôtre que je ne revoie la mienne.

BASSANIO.--Chère Portia, si vous saviez à qui j'ai donné la bague, si vous saviez pour qui j'ai donné la bague, si vous pouviez concevoir pour quel service j'ai donné la bague, et avec quelle répugnance j'ai abandonné la bague, lorsqu'on ne voulait recevoir autre chose que la bague, vous calmeriez la vivacité de votre indignation.

PORTIA.--Si vous eussiez connu la valeur de la bague, ou la moitié du prix de celle qui vous a donné la bague, ou combien votre honneur était intéressé à conserver la bague, vous ne vous seriez jamais défait de la bague. Quel homme assez déraisonnable, s'il vous avait plu de la défendre avec quelque zèle, eût eu assez peu d'honnêteté pour exiger une chose qu'on conservait avec un respect religieux? Nérissa m'apprend ce que je dois penser. J'en mourrai; c'est quelque femme qui a ma bague.

BASSANIO.--Non, madame, sur mon honneur, sur ma vie, ce n'est point une femme; c'est un honnête docteur qui n'a pas voulu recevoir de moi trois mille ducats, et qui m'a demandé la bague. Je la lui ai refusée. J'ai eu la constance de le voir se retirer mécontent, lui qui avait défendu la vie de mon plus cher ami. Que vous dirai-je, ma douce amie? Je me suis cru obligé d'envoyer sur ses pas: j'étais assiégé par les remords et la courtoisie; je ne voulais pas laisser sur mon honneur la tache d'une si noire ingratitude. Pardonnez-moi, chère épouse; j'en prends à témoin ces sacrés flambeaux de la nuit; je suis convaincu que, si vous vous y fussiez trouvée, vous m'auriez demandé la bague pour la donner au docteur.

PORTIA.--Ne laissez pas ce docteur approcher de ma maison: puisqu'il possède le bijou que je chérissais, et que vous aviez juré de garder pour l'amour de moi, je deviendrai aussi libérale que vous. Je ne lui refuserai rien de ce qui est en ma puissance; non, ni ma personne, ni le lit de mon époux. Je saurai le reconnaître, j'en suis sûre; ne vous absentez pas une seule nuit; veillez sur moi comme un Argus; si vous y manquez, si vous me laissez seule, par mon honneur, qui m'appartient encore, ce docteur sera mon compagnon de lit!

NÉRISSA.--Et son clerc le mien; ainsi prenez bien garde de m'abandonner à moi-même.

GRATIANO.--Fort bien; faites ce que vous voudrez, mais que je ne l'y trouve pas, car je gâterais la plume du jeune clerc.

ANTONIO.--Je suis le malheureux sujet de ces querelles.

PORTIA.--Ne vous en chagrinez pas, seigneur; vous n'en êtes pas moins le bienvenu.

BASSANIO.--Portia, pardonne-moi ce tort inévitable, et en présence de tous mes amis, je te jure par tes beaux yeux, où je me vois moi-même...

PORTIA.--Entendez-vous? il se voit double dans mes deux yeux; un Bassanio dans chacun.--Allons, jurez sur la foi d'un homme double; ce sera un serment bien propre à inspirer la confiance.

BASSANIO.--Non, mais écoute-moi. Pardonne-moi cette faute, et je jure sur mon âme de ne jamais violer aucun des serments que je t'aurai faits.

ANTONIO, *à Portia.*--J'ai une fois engagé mon corps pour la fortune de mon ami; j'étais perdu sans le secours de celui qui a la bague: j'ose m'engager encore une fois, et répondre sur mon âme que votre époux ne violera jamais volontairement sa foi.

PORTIA.--Servez-lui donc de caution! donnez-lui cette autre bague, et recommandez-lui de la garder mieux que la première.

ANTONIO.--Tenez, seigneur Bassanio, jurez de garder cette bague.

BASSANIO.--Par le ciel! c'est celle que j'ai donnée au docteur.

PORTIA.--Je la tiens de lui. Pardonnez-moi, Bassanio; pour cette bague, le docteur a passé la nuit avec moi.

NÉRISSA.--Excusez-moi aussi, mon aimable Gratiano; ce chétif petit garçon, le clerc du docteur, en retour de cet anneau, a couché avec moi la nuit dernière.

GRATIANO.--Vraiment, c'est comme si l'on raccommodait les grands chemins en été, où ils n'en ont pas besoin. Quoi! serions-nous déjà cocus avant de mériter de l'être?

PORTIA.--Allons, pas de grossièretés.--Vous êtes tous confondus. Prenez cette lettre; lisez-la à votre loisir: elle vient de Padoue, de Bellario; vous y apprendrez que Portia était le docteur, et Nérissa son clerc. Lorenzo vous attestera que je suis partie d'ici presque aussitôt que vous. Je ne suis même pas encore rentrée chez moi.--Antonio, vous êtes le bienvenu. J'ai en réserve pour vous de meilleures nouvelles que vous n'en attendez. Ouvrez promptement cette lettre; vous y verrez que trois de vos vaisseaux, richement chargés, viennent d'arriver à bon port. Vous ne saurez pas par quel étrange événement cette lettre m'est tombée dans les mains.

(Elle lui donne la lettre.)

ANTONIO.--Je demeure muet.

BASSANIO.--Vous étiez le docteur, et je ne vous ai pas reconnue?

GRATIANO.--Vous étiez donc le clerc qui doit me faire cocu?

NÉRISSA.--Oui, mais le clerc qui ne le voudra jamais, à moins qu'il ne vive assez longtemps pour devenir homme.

BASSANIO.--Aimable docteur, vous serez mon camarade de lit. En mon absence, couchez avec ma femme.

ANTONIO.--Aimable dame, vous m'avez rendu la vie et de quoi vivre; car j'apprends ici avec certitude que mes vaisseaux sont arrivés à bon port.

PORTIA.--Lorenzo, mon clerc a aussi quelque chose de consolant pour vous.

NÉRISSA.--Oui, et je vous le donnerai sans demander de salaire. Je vous remets à vous et à Jessica un acte en bonne forme, par lequel le riche Juif vous fait donation de tout ce qu'il se trouvera posséder à sa mort.

LORENZO.--Mes belles dames, vous répandez la manne sur le chemin des gens affamés.

PORTIA.--Il est bientôt jour, et cependant je suis sûre que vous n'êtes pas encore pleinement satisfaits sur ces événements. Entrons; attaquez-nous de questions, et nous répondrons fidèlement à toute chose.

GRATIANO.--Volontiers: la première que je demanderai sous serment à ma chère Nérissa, c'est de me dire si elle aime mieux rester sur pied jusqu'à ce soir, ou s'aller coucher à présent, qu'il est deux heures du matin. Si le jour était venu, je désirerais qu'il s'obscurcit pour me mettre au lit avec le clerc de l'avocat. Oui, tant que je vivrai, je ne m'inquiéterai de rien aussi vivement que de conserver en sûreté l'anneau de Nérissa.

FIN DU CINQUIÈME ET DERNIER ACTE.

Milton Keynes UK
Ingram Content Group UK Ltd.
UKHW011104080324
439029UK00005B/432